聖女じゃないと追放されたので、
もふもふ従者(聖獣)と
おにぎりを握る
mohumohu
ONIGIRI wo nigiru
Author 夕日
Illustrator くろでこ
JN247529

「楽しいねえ、これ」
ランフォス
謎の旅人
（わりとチャラめ）

「ニーナ様！
その男は誰ですか!?」
キール
なんでもできちゃう
仁菜の聖獣

「……幸せ」
「そうですね、ニーナ様」

seijyo jyanaito tsuiho saretanode
聖女じゃないと追放されたので、
もふもふ従者（聖獣）と
おにぎりを握る
mohumohu jyusya (seijyu) to
ONIGIRI wo nigiru
Author
夕日
Illustrator
くろでこ

追放聖女のスペシャルコース！
Special course

seijyo jyanaito tsuiho saretanode
mohumohu jyusya(seijyu) to
ONIGIRI wo nigiru

1皿目　召喚されて捨てられました

時刻は深夜零時半。私、上里仁菜（かみさとにな）は愛しの自宅アパートに、ようやく帰り着くことができた。今日も残業だった。それも当然のようにサービス残業である。新卒入社から毎日毎日……土日以外はこの調子だ。

――これが世に言うブラック企業。

玄関の冷たい床に倒れ込みそうになったものの、私は気力を振り絞る。せめてご飯くらいは食べて寝ないと。シャワーは明日起きてからでいいや。食べる、寝る。生命維持に必要なこの行動だけは、とにかく死守したい。

米をお釜に入れると適当に研いで、炊飯器にセットして早炊きスイッチを押す。

それから部屋着に着替える気力もなくスーツのままで、無感情にテレビを見ていた。テレビの中の人々は大きな口を開けて楽しそうに笑っている。

いいなぁ、笑ってて。私が最近笑ったのは、いつだっけ。

そんなことを考えているうちに、炊飯器からはピーッ！　というご飯の炊けた音がした。

冷凍食品を温めるのも面倒だから、卵かけご飯でいいや。そんなことを考えながら冷蔵庫から卵を取り出し、炊飯器の蓋（ふた）に手を触れた瞬間。

視界が、ぐにゃりと歪んだ。

ガチャン！　と音を立てて炊飯器が床に落ちる。混乱しながらも慌ててそれを拾ってから、私は気づいた。今目にしている床が、安っぽいアパートのフローリングではなく、重厚な石造りの床になっていることに。

床には繊細な光る文様が刻まれていた。

恐々としながら視線を前に向けると、男性らしき足が数人分見える。私は恐怖で身を竦（すく）ませた。

これは……どういうことなの？

「聖女様を、召喚できたのか？」

一番上等な靴を履いた足が、こちらへと近づいてくる。私は拾い上げた炊飯器を胸に抱きしめながら、おそるおそるその足の持ち主を見上げた。磨き抜かれた靴、上等な布の白いトラウザーズ。さらに視線を上げると映画の登場人物のように整った――西洋人の顔。薄い色の金髪、薄い色の碧眼（へきがん）。美しい人だけれど、酷薄な印象を受ける表情だ。

部屋は意外に狭く、おそらく十畳くらい。そこに私と美形、そして数人のファンタジーな鎧（よろい）を纏（まと）った屈強そうな男たちがいた。

そして、もう一人。

隣では私と同じく呆然とした表情の、部屋着の女の子が震えている。あれ、これってお隣の部屋の大学生じゃ。

毎日のように部屋で友達と騒ぎ、音楽は大音量で垂れ流し。ゴミの日はまったく守らない。挨拶をしても毎回無視……どころか時々鼻で笑われる。諸々問題があるけれど、見た目はすんごい美少女なお隣さんだ！

お隣さんの足元では、一匹の白い子犬が身を擦（す）り寄せている。可愛い。犬種はなんなのだろう。

金髪碧眼の美形はお隣さんの前で座礼する。そしてその小さな手を取って、優しく微笑んだ。お隣さんはぽーっと頬を赤らめながら美形を見つめている。美男美女で絵になることだ。

「聖女様、聖獣（せいじゅう）様。よくぞいらしてくれました」

「……聖女？　聖獣？」

わけがわからずに思わずそんな言葉を発した私に、その美形はあからさまな侮蔑（ぶべつ）の表情を向けた。だけどここで怯んではいられない。

「なにが起きているの。これは、どういうこと？　拉致（らち）？」

「醜い……私に話しかけるな。お前は聖女様に近い座標にいたから、『ついで』で召喚されたのだろう」

彼の言葉は明らかに日本語ではない。だけどなぜか意味がわかるし、私の言葉も通じているらしい。

というか醜いって失礼だな⁉

たしかにスーツはヨレヨレで皺（しわ）くちゃだし、ストッキングはどこで引っ掛けたのか伝線している。髪はボサボサで、化粧もぐちゃぐちゃだ。目の下は連勤の疲れで隈（くま）が濃くて、そばかすも人より多いけれど……うう、否めない。醜いことが否めない！

いや、負けるな私。私はごく平均的な今年二十三歳の日本人女性の容姿のはず、だ。

お隣さんはなんだか小馬鹿にした目で私を見ている。まったくこの子は……！

「おい、この女を。ここから……いや、王都から追い出せ」

「はっ！　王子！」

『王子』とやらの指示に従い、屈強そうな男たちが駆け寄ってくる。そして呆然としている私を部屋から引きずり出した。

それからそのまま馬車に乗せられ……私は、城塞都市らしき街から外にポイッと放り出されてしまったのだ。

……まるで、ゴミ出しの日のゴミみたいに。

「王都へは戻ってくるな。戻ってきたら処刑する」

門が閉まる瞬間、そんな言葉が冷たく吐きかけられた。

「――状況が、まったくわからない」

周囲は墨（すみ）を流したような夜闇だ。二つの月が空に煌々（こうこう）と輝いているので、視界が完全に塞がれるということはないけれど。

――月が、二つ？

私は改めて月を見て、びくりと身を震わせた。


――聖女、聖獣、召喚。


――明らかにファンタジックな格好の人々。馬車から見えた、同じくファンタジーな街並み。

嫌な予感がぐるぐると渦巻いて、脳裏に嫌な像を結んでいく。

「この世界は、私のいた世界じゃ……ない？」

つぶやきに答えるものはなく、冷たい風が体を叩くようにしながら吹き抜けていく。

寒さからなのか、恐怖からなのか、足が震えてどうしていいのかわからない。月明かりでわずかに見える周囲はただひたすらに平原で、さわさわと草木の揺れる音だけがあたりに響いた。

ぎゅるるる……。


その時、緊張感のない腹の音が鳴った。そうだ、私……ご飯を食べる直前だったんだ。

私は腕に炊飯器を抱えたままだ。当然その中には炊けた白米が入っている。

周囲を見回して見つけた、座るのにちょうどよさそうな木の下に、私は腰をかけた。

「……とりあえず晩ごはんを食べよう」

これは現実逃避かもしれないけれど。いや、現実逃避だな。だけど突っ立ったまま震えているよりも、いくらかマシだ。

ぱかりと蓋を開けると、電源コードが抜けてしばらく経ったはずなのに、お米はほかほかと熱い蒸気を漂わせている。そのことを少し不思議に思いながらも、私は炊飯器に手を突っ込んだ。だって、しゃもじがないし！

「あち！　あち！」

手の中で熱いお米を転がして冷ましてから、おにぎりの形にする。お塩が欲しいけれど、ないものは仕方ない。ちなみに私は料理があまり得意ではない。作れるのはおにぎりと卵焼き。後は単純に炒める、煮るができるくらいだ。

手の中でそれなりの三角形になったおにぎりを、口に入れて咀嚼（そしゃく）する。うん、お米本来の味しかしない……塩気が欲しいなぁ。

そんな味気ないおにぎりでも、空きっ腹には沁み渡る。しっかりと噛みしめていると、お米の甘さが、口の中にじんわりと広がっていく。私は二個目のおにぎりを握り、また口に入れようとした。

その瞬間。

ガサリ、と背後で茂みが動いた。

びくりと身を震わせながら、そちらを見ると……。

そこには、一匹の愛らしい子犬がいた。

2皿目　わんこを拾いました

「……可愛い」

思わず、そんな言葉が口から漏れた。

その子犬は全身が薄紫色という、なかなかファンシーな色である。しかし染めました、という色ではなく、ひと目で天然のものだとわかるのだから、やっぱりここは元の世界じゃないんだな。子犬一匹との出会いだけで、しみじみとそれを感じる。

「夢だったら、よかったのになぁ」

ちくちくとストッキング越しに肌を刺す草も、手の中のおにぎりの温かさも——ぜんぶがこれは現実なのだと伝えてくる。私は大きなため息をついた。

『キュン』

子犬が小さく鳴きながらこちらに近づいてくる。一見すると、毛足の長いコーギーのようなサイズと見た目の可愛い子犬だけれど……。この子も未知の生き物なのだ。危険はないのだろうか。

私たちはじっと見つめ合う。いや、微妙に目線が合ってないな。

子犬の視線は……どうやら私の手元のおにぎりに向いているようだった。

「……食べたいの？」

『わん！』

子犬は元気な声でお返事をした。なんてことだ、まるで言葉が通じているよう。ここがどこだとか、これからどうすればいいだとかも、教えてくれればいいのにな。……わんこにそれを求めるのは酷だけれど。

「いいよ、あげる。……犬に白米って糖分的にはどうなんだろうな」

私にはこの食料しかない。

だから、本当なら牙を剥き出しにしてでも、死守しなきゃならないものなんだろう。

だけど私は……この小さな生き物が暗がりに消えて、また一人になってしまうのが怖かった。

「あげるけど。寂しいから側にいてね」

そう言いながら、口のサイズに合わせて小さめに割ったおにぎりを子犬に差し出す。すると子犬は尻尾を振りながら、おにぎりを手から食べた。そしてすぐに食べ終えると、残ったおにぎりをじっと見つめる。大きな目がキラキラとしていて『ちょうだいちょうだい』と彼の気持ちを雄弁に語っていて、とってもとっても可愛らしい。

ああ、犬はええのう。思わず甘やかしてしまいたくなる。

「仕方ないなぁ」

手の中のおにぎりの残りを差し出すと、子犬は夢中でそれを貪（むさぼ）った。

「可愛い」

つぶやきながら炊飯器からまたお米を掬い、握って口にする。お米はこれで最後だ。三合くらい炊いておけばよかったなぁ。

子犬はおにぎりを食べ終えると、ふわふわとした体をこちらに擦り寄せてきた。その小さな体をおそるおそる抱きしめると、意外なくらいに力強い熱を感じる。柔らかな体毛に顔を寄せると、淡い花の匂いを焚き染めたような香りがした。異世界のわんこはいい匂いらしい。満員電車に揺られたせいで汗をかいている私よりも、いい匂いがするんじゃないだろうか。あの獣臭さが嫌いではないので、少し残念だけれど。

「暖かいね、お前は。今晩だけでもいいから……側にいて」

抱きしめながら囁くと子犬は『きゅん』と一声鳴く。そして私の頬をぺろりと温かな舌で舐めた。

「ふふ、くすぐったい。……明日から、私どうすればいいのかなぁ」

毎日の勤めは過酷で、だけど弱虫の私はそこから逃げ出すことができなかった。

いつか辞めてやるんだ。そう思いながらも恐ろしい上司の顔を見るたびに、その気力は萎んでいく。

過労死、自殺、両親の泣きながらの記者会見。そんな絵面も、何度も何度も想像した。

——私は日々から逃げ出したかった。だけど……。

「強制ログアウトさせられるなんて、考えもしなかったなぁ」

子犬を抱きしめたままゴロリと地面に横たわる。ただでもヨレヨレなスーツが泥にまみれてしまうな、と一瞬思ったけれど。この際どうでもいいだろう。冷え冷えとしていた地面は体温で徐々に温まっていき、なんとか眠れないこともなさそうだ。日本で言うと秋口くらいの気温なのだろうか。極寒の季節でなくてよかったとしみじみ思う。

明日は人を探して、この世界がどんな場所なのか話を聞こう。だけど……。

『王都へは戻ってくるな。戻ってきたら処刑する』

そう言われてしまったからには、一番人口が密集していそうな『王都』とやらには入れない。地道に歩いて村でも探すしかないか。……野盗にでも襲われたりしたらどうしよう。この世界は近世ヨーロッパくらいの文化水準に見えるから、日本よりも確実に治安が悪いだろう。

——つーか、勝手に連れてきて、こんなところにポイするってどういうことだ。

「あの『王子』とか呼ばれてた男が私を呼び出した、でいいんだよね。システムはよくわかんないけど」

きゅんきゅん鳴きつつ私の服を爪でカリカリしている子犬を見つめながら、私は独り言を盛大につぶやいた。子犬の紫色の毛を優しく撫でると、甘えるように手を舐められる。うう、可愛い。

「聖女様？　を喚(よ)ぶついでに、私もなにかの手違いで出てきちゃった、ってこと？　巻き込んだなら、元の場所にちゃんと帰せっての」

　考えをまとめているうちに、悔しくなって涙が出てくる。勝手に喚んで、勝手に捨てて。私を召喚したやつらは、なんて勝手なんだろう。

　子犬はずりずりと私の胸から顔へと近づくと、ぺろぺろと涙を拭った。

　……うう、いい子だねぇ、お前は。

「……一緒に、旅でもしようか」

　囁きながら頬ずりをすると、子犬は『わん！』と元気に返事をした。

3皿目　わんこは美少年にジョブチェンジしました

眩しい光が瞼（まぶた）を差す。

昨日カーテンを閉めて寝なかったのかな。というか今何時だ？　会社に遅れる！

私はバネのように上半身の力のみで起き上がる。するとゴツン！　と激しい音を立ててなにかと額がぶつかり、その痛みでまた倒れ込んでしまった。

涙目になりながら見上げた視界に入ったのは……。

薄紫色の髪と褐色（かっしょく）の肌をした……整いすぎた顔立ちの少年。


「ふぇい⁉」


私はまた飛び起きようとした。しかしその動きは、額に優しく置かれた白い手袋を着けた手によって止められてしまう。

「おはようございます。僕のおでこに、先ほどおでこをぶつけたでしょう。痛かったんじゃないですか？」

少年はそう言って、私の額を優しく撫でた。な、なんだろうこの状況は。頭の下に感じる温かで硬いものは少年の足なのかな。つまり私は、なぜだか美少年に膝枕をされているのだ。

　昨日お持ち帰りでもした⁉　そんな記憶はないんだけど。

　私には、男性経験のひとつもない。はじめてのお持ち帰りがこの子なら、大金星もいいところなんじゃないの⁉　この子は一体いくつなんだろう。ギリギリ十八は超えて……超えてて欲しいなぁ。私がお縄にならないために。

　じっと彼の顔を見つめると、困ったような笑顔で首を傾げられる。綺麗な上に彼はとっても優しそうだ。しかし見れば見るほど浮世離れした子だなぁ。

　彼はどこの国の人なのだろう。絶対に日本人ではない。褐色の肌はインドあたりの人間を思わせるけれど、顔立ちは西洋的。薄紫色の髪で右目は隠れており、見えている左目は黄金よりも美しく甘い金色をしている。服装は白いシャツに、黒のベスト。高級料理店の店員のような服装だな、と私は思った。

　ん？　……よくよく見ると頭の上に、わんこのような獣の耳がついてる？

「うーん。夢、なのかな」

　そっと手を伸ばすとその手を取られ、すりすりと手のひらに頬ずりをされた。その感触はやけに生々しい。

「……貴方は、誰？」

「キールとお呼びください。ご主人様」

そう言って少年……キールはうっとりとした笑みを浮かべた。

……ご主人、様？　私はこの幼気な少年になにをしたの……？

「青少年保護育成条例‼」

叫んで飛び起きようとしたけれど、キールの手でまた遮られる。

「ご主人様。落ち着いて、深呼吸をしてください。昨晩なにがあったか覚えていますか？」

「さく……ばん」

キールに優しく言われて、私は記憶を掘り起こそうとした。

いつもの通りブラック企業の社畜として過ごして、家に帰って、変な男たちに――『喚ばれ』『捨てられた』？

「待って、あれ、ここは夢？　現実？」

混乱しながらパクパクと口を閉じたり開けたりしていると、眉尻を下げたキールに優しく頭を撫でられた。

「ご主人様。いい子、いい子」

キールは甘い声で囁きながら、私の頭を撫で続ける。

その心地よい感触は、混乱した心を少しずつ鎮めていく。

「ご主人様。落ち着いてくださいね、深呼吸をして」

キールは私の額に口づけをしてくる。その柔らかな感触を受けて、私の体は固まった。そんなことをされて落ち着けるはずがない。

「キール、くん？　距離感が、おかしくない？」

「キールと呼び捨てで。昨晩は同衾した仲なのに、額に口づけで照れるなんて……ご主人様は愛らしいですね」

「ひぃ！」

にっこりと愛らしく微笑まれて……私は怯えた声を上げてしまった。

待って。目を覚ましたら好感度ＭＡＸ（？）のイケメンがいる状況なんて理解が及ばない！

しかも、ど、同衾？　やっぱりこの子とワンナイトラブをしてしまったの⁉

なにが夢でなにが現実なんだろう……。

「同衾ってその」

「昨日の子犬、あれは僕です」

そう言ってキールは、ふふっと笑った。

紫色のあの子犬。彼の髪の色は、たしかにあの子とそっくりだ。

そして彼の頭の上の犬耳は実に生き物らしい動きをしていて……作り物だとは思えない。

眉間に深い皺が寄る。キールは微笑みながら、その皺を指先でほぐした。

「ご主人様、僕は怖くないですよ」

キールはそう言うと、大きな目を細めてくすくすと鈴が転がるような笑い声を漏らす。美少年は笑い声まで美しいらしい。

「キール、キール!」

「はい」

「状況を、一から説明してぇ!!」

混乱が高じた私は、つい絶叫をしてしまった。大声が耳に響いたのか、キールは犬耳を両手で押さえる。そのおかげで動きを手で遮られることなく、私はようやく身を起こすことができた。

「――――ッ」

目に入ったのは。

……平原、街道。そして私が追い出された城塞都市の堂々たる姿。

街道を行く人々は、異国の顔立ちと装束だ。


――ああ、昨夜のことは現実だったんだ。


実はすべては夢なのでは? なんて希望的観測は木っ端微塵に打ち砕かれた。

息が乱れ、胸が苦しくなる。わけがわからない。これはなんなの?

「深呼吸、ご主人様。落ち着いて。怖くない、僕がいます」

キールが背中を優しく撫でてくれる。彼の方を見ると安心させるように微笑まれて……。

その優しい笑みを目にした私は、大泣きしながら彼の胸に飛び込んでいた。

4皿目　甘々わんこへの質問タイム

「ごめん、ありがとう」

　ぐりぐりとキールの服に涙を擦りつけながら、たぶんたっぷり一時間は泣いて……私はようやく我に返った。

　私が泣いている間、キールはなにも言わずに頭を撫で続けてくれた。美少年は心根まで美しいのだろうか。

　……ああ、絶対に目が腫れてる。人に見せていい顔じゃないよなぁ。

「失礼、ご主人様」

　キールは笑うとハンカチを取り出して、ゴシゴシと私の顔を拭いてくれる。なんてことだ。私の涙と鼻水が美少年のハンカチについてしまった。服にもたくさん擦りつけたし、今さらか。

「……ごめん」

「気にしてませんよ。えっと、なにか聞きたいこととかありますか？　僕にお答えできる範囲でしたら、なんでもお話ししますけど」

「聞きたいこと、だらけ」

　キールの頭上でピコピコと動く耳を私は目で追う。そして、お尻のあたりで動くふさふさの尻尾も。彼はやっぱり人間じゃないんだなぁ。


——ここはどこ。

——聖女ってなに。

——キールは何者。どうして私をご主人様と呼ぶの？

——私は、どうすればいいの。


疑問がいっぱいすぎてどれから聞いていいのかわからず、口をパクパクさせる私の頭を、キールは優しく撫でる。そして甘く蕩(とろ)けるような笑みを浮かべた。

こんなふうに人に甘やかされるのって、子どもの時ぶりかもしれない。

……なんだか、とっても癒やされる。


「そういえば……」

私は周囲を見回した。

太陽を見ている感じ、そろそろ時刻は昼に差しかかる頃で、目の前の街道には人の行き来も多い。だけど彼らは誰一人として、私とキールに注意を払おうとしなかった。

私は明らかにこの世界の人々と服装が違う。なのに、どうしてなのだろう。

その疑問をキールに伝えると彼はふっと笑った。

「貴女に危険がないように、この一帯には結界を張っております。なので僕らの存在は誰にも勘づかれず、会話も聞こえません」

「すごい、そんなことができるんだ」

さすが異世界。そんなことを思いながら、私は草むらにキールと向かい合うように正座をした。草がストッキングを貫通して、ちょっと痛い。だけど話をちゃんと聞く姿勢って大事だしなぁ。

「ご主人様。そこは足が痛いです」

キールはこっち、と手招きをする。ふらりとそちらへ近づくと……腰に手を添えられくるりと回されて、膝の上に乗せられてしまった。

「キール⁉」

「ご主人様は薄い布地の服を着てらっしゃいますし、草で怪我をしてしまいます」

ぎゅっと腰のあたりに手を回され、抱きしめるように抱え込まれる。待って、そんなことをされると心臓が今にも止まりそうなんだけど。

「ご主人様、いい子。この世界はわからないことばかりで不安ですよね」

囁かれて、また頭を撫でられる。腰に回された片手は案外力が強く、離してくれそうになかったので、私は彼に身を任せるために体の力を抜いた。背後に感じる体温は、温かくて心地いい。

「なにから、知りたいですか？」

そう訊ねながらキールは私を……膝の上でお姫様抱っこをするような形に抱き直す。そして金色の瞳でじっとこちらを見つめた。だから、やっぱり距離感がおかしい！

「私……勝手に喚び出されて、聖女じゃないって、城から叩き出されたんだけど。ここはどこで聖女がなにかをまずは知りたい」

頭の中で情報を整理しながら自分の現状を口にすると、どんどん腹が立ってくる。喚び出したのなら、間違いだとしてもちゃんと責任くらい取ってよ！

「ここはアルマという名の国で、聖女というのは土地の『神気』を浄化する存在のことです。この世界は神気というものによって清浄を保っているのですが、その土地を治める者の在り方によって……神気の在り方も変わるのです」

――キールによると。

土地を治める者たちの心が清らかだと神気は清浄に保たれ、汚れていると神気は濁る。

そして神気が濁るとその土地には不作や災害などが頻繁（ひんぱん）に起きるし、魔獣と呼ばれる野生動物が変化した魔物なんかも現れるのだそう。

だから神気を浄化するために……数十年に一度の魔力が満ちた晩に、異世界から聖女が喚び寄せられる。

聖女は降り立つ時にこの世界の女神の祝福を受けるので、強い神気を体に帯びるらしい。

その聖女が定期的に各地を巡礼することで、濁った神気は清廉な神気によって浄化され、土地の清浄は保たれるのだと……キールはそう結んだ。

「えーっとつまりは……統治者の尻拭いのために『聖女』であるお隣さんを喚ぼうとして、私はそれに巻き込まれて捨てられた、と」

捨てられたのは業腹だけれど、聖女じゃなくて本当によかった。

私が聖女だったら心が汚れた連中の尻拭いのために、巡礼とやらの義務を負わされてたってことでしょう？

日本でも働き詰めで辟易していたのに、勝手に喚ばれた異世界でも強制労働させられていたかもしれないなんて笑えてくる。


「……本当に、人間はバカですよね」


冷たい声音が耳朶を打つ。

キールは——今までの柔らかな笑みとは違う、棘を纏った仄暗い笑みを浮かべていた。

「……キール？」

「おっと失礼。ご主人様は正真正銘の聖女ですよ。この僕、貴女にお仕えする聖獣キールがそれは保証します」

そう囁きながら、キールは私の額に口づけた。

キールのこの距離感にもちょっとずつ慣れて……いや、慣れないな！

「だから距離が近いって！　聖獣？」

あの王子も……そんな単語を口にしていた気がする。

「聖女が召喚されると、聖女をお守りするための聖獣が一体、この世に生まれるのです。本来なら喚ばれた瞬間から、貴女のお側にいるはずだったのですが」

キールは言葉を切ると、どこか意地の悪い笑みを浮かべた。

「なんの因果か、僕の生まれる場所がずれてしまったようで。だから人間どもは……僕の可愛いご主人様が、聖女だと認識できなかったのでしょうね。ああ、本当に愚かでバカで度し難い」

キールさん。なんだかどんどん悪い顔になってるんですけど。

この美少年の内面は……可愛いだけではないのかもしれない。

「もう一人の喚ばれた子も聖女なんだよね？　側にキールと同じ聖獣？　もいたし」

お隣さんの側にはたしかに白い犬がいた。聖女が二人喚ばれることは、よくあることなのだろうか。

「前例はございませんが……二人聖女が現れることもあるのかもしれないですね」

「そっか。……じゃあ私がお役目を放棄しても、いいと思う？」

訊ねると、キールはにっこりと晴れやかな……だけど怒りが感じられる笑みを浮かべた。

「僕の大切なご主人様を追い出すような王家に、ご主人様を託すつもりは毛頭ございません。ご主人様が城に戻ると言うのなら、全力でお止めする気でおりました。もう一人聖女がいるならなおさらです」

「そ、そう」

キールのその言葉を聞いて、私は心底安堵(あんど)した。

あんな無礼なことをした人のために働けるほど、私はお人好しではないもの。

キールの話を鵜呑(うの)みにするのなら、神気とやらが濁っている時点で、ろくな統治者じゃないのだろうし。

王子のあの様子だと、お隣さんは手元に置いて、私ばかり巡礼に行かされるなんてこともありそうだ。

「キール、もう一ついい？」

「はい！　なんなりとお訊きください！」

キールはピンと尻尾を立てる。そしてキラキラと目を輝かせながら私の言葉を待った。

緊張で、こくりと喉が鳴る。

この質問をするのが、私は怖い。だけど……大事なことだから訊かなきゃ。

「――私は、元の世界へ帰れる？」

キールの、耳と尻尾が力なくぺたんと下がった。

動物の体の反応は、正直で……時に残酷だ。

「あーそっか。帰れないのか。……ありがとう」

さすがにショックで、私は顔を伏せた。

すると……ぽたりと顔に雫が落ちる。私は、泣いていないのに。

見上げると、キールが綺麗な瞳からぽたぽたと透明な雫を零していた。彼は私の額に額をすり寄せながら、小さく嗚咽（おえつ）を上げる。

「ごめんなさい、ご主人様。方法が、なくて」

「キールは、悪くないでしょう？」

「でも、ごめんなさい」

人に先に泣かれると、人間なかなか泣けないものだ。

私はキールのふわふわの髪を撫でながら、彼が泣き止むのを待った。これではさっきと立場が逆だ。

しかしすごいな、美少年が間近で泣いてるなんて。

睫毛が長い。お肌が綺麗。全体的にキラキラしている。彼は人間じゃないから、こんなに綺麗なんだろうか。

「ご主人様」

「ご主人様じゃなくて、仁菜って呼んで。それが私の名前」

「ニーナ様」

「様もいらないんだけどな」

どれだけ言っても『様』は取れなかったので、それは諦めた。

キールはぐすぐすと泣いた後に、ハンカチでチンと鼻をかむ。そしてへらりと笑った。

「ごしゅじん、いや、ニーナ様。その、泣いたりして……失礼致しました」

照れ笑いをしながら指先で目元を拭う美少年は、目の毒である。

……彼は本当に、こちらへの好意が剥き出しだ。

だけどここまで明け透けな好意を見せられても、私には彼が完全な味方なのかどうかの判断が、未だできずにいる。

この世界でなにを信用していいのか……私には測る物差しがないから。

「えっと。キールは……私の味方ってことでいいんだよね？」

膝の上に乗せられたままなので様にならないけれど。居住まいを正して、私は訊ねた。するとキールの表情が一気に引き締まる。

「はい。貴女を守るために生まれた、貴女にお仕えするための存在が僕です。お側に置いて使ってください。その……すぐには信用できないかとは思いますが」

キールはそう言うと、悲しそうに大きな耳をぺたんと下げた。

そのしょげた様子を見ていると、罪悪感が激しく刺激される。

「信じて、いいんだね」

キールを見つめると、一点の曇りもない澄んだ瞳がこちらを見つめ返した。

「はい、信じてください。僕の命は貴女のものです」

キールは真剣な声音で言いながら、そっと私の手を握った。

私にはそもそも彼を信じるという一択しか選択肢がない。一人で放り出されても、生きていく術（すべ）がないのだから。キールの存在は私の唯一の命綱だ。


——キールを信じる覚悟を決めよう。


「よろしく、キール」

そう言って私が笑うと、キールもほっとしたような笑顔を見せた。

「ニーナ様は、これからどうしたいですか？」

「これから……」

訊ねられ、思案する。

私を追い出した王家のために働くのは、死んでも嫌だ。

できればとっととこの国を出て、別の国で静かに暮らしたい。

そう……今度は自分が楽しいと思える仕事をその国でするのだ。

「キール、私……すぐにこの国を出たい」

「はい、ごしゅ……ニーナ様！　では王都で旅装や必需品を調達してきますね。ニーナ様のお召し物では旅は難しいですし」

「でも、お金が！」

私の言葉を聞いてキールはにこりと笑う。

そして自分の手のひらにふっと息を吹きかけた。するとシャラリ、と数個の宝石がそこに生まれる。それを目にして、私の目は丸くなった。

「聖獣が聖女様を守る、というのはこういう面も含めてです。巡礼の旅に出費はつきものでございますから」

キールは宝石の一つをつまみ上げ、ちゅっと軽く口づけをする。そしてにこりと微笑んだ。

「結界は広めに張っておりますが、僕が帰るまで、できるだけ身動きはしないでください。僕がいない間にニーナ様になにかあったら……僕は泣きます」

「わかった。あまり動かないようにする。キール、そのお耳や尻尾は見られて大丈夫なの？」

「はい。獣人という似た種族がおりますので」

「そうなんだ。じゃあ気をつけて」

「はい、では！」

尻尾をふりふりとしながらキールは去って行く。

それを見送った後、ふと地面を見ると……転がった炊飯器が目に留まった。

「そういえば、これ、どうしようかなぁ……捨てるのはもったいないけど、あっても邪魔だしなぁ」

就職とともに開始した一人暮らし用にと、お母さんが買ってくれたピンクの炊飯器。

それを捨ててしまうのは、なんだかしのびない。

どうしたものかと考えながら、パカッと蓋を開けると。


——炊飯器には、三合分の生米とお水がセットされていた。


「——ん？」

私はそれを見て、首を傾げる。

昨日キールと一緒にお米は食べてしまった、確実に。

なのにどうして、炊いてくださいと言わんばかりの状態で中身が入っているの。

「んん？」

　さらに首を傾げながら『早炊き』のボタンを押してみると。

『ピッ』と小さな音がして、炊飯がはじまった。

……ここは異世界の野っ原だ。電源になんて繋がっているはずがない。

「……全然わかんない。キール、早く帰ってきて！」

　涙目になりながら水蒸気を上げて米を炊いている炊飯器を見守っていると、キールの姿が遠くに見えた。『早く来て』という意思表示でぶんぶんと手を振ってみせると、キールの耳がピンと立ち尻尾が振り回される。そして勢いよくこちらに駆け寄ってきた。

　わんこか、わんこなのか！　いや、わんこだったなぁ。お願いしたらあの子犬の姿にも、またなってくれるのかな。

「ニーナ様！」

　キールは、行きには持っていなかったリュックを背負っていた。あれも旅のために買ったのだろう。

「キール、キール！」

「なにかありましたか、ニーナ様」

　慌てふためいている私を見て、キールの表情が険しくなる。そして警戒するように周囲を見回した。

「あれ、あれが！」

私が炊飯器を指した瞬間。

炊飯器から『ピーッ』と音が鳴り、『早炊き』の表示が『保温』に変わった。

6皿目　白身魚のおにぎりを

炊飯器の蓋を開けると、見事な白米が炊きあがっていた。

私はそれをビクビクしながら見てしまうけれど、キールは反対に目を輝かせている。

「聖女様がこの世に降り立つ時に手にしていた品が、聖女様ご自身と同時に神の祝福を受けることがあると聞いておりましたが、なるほど、これが」

キールから漏れた言葉を聞いて、私は目を丸くした。

「えっ。じゃあこの炊飯器は……無限にお米が炊ける『聖なる炊飯器』になったってこと？」

「ええ、そういうことだと思います。すごいですねぇ！　さすがニーナ様です！」

「はぁ……」

もっといいアイテムが欲しかったという気持ちと、食糧に困らないことを喜ぶ気持ちと……相反する気持ちで、私は半笑いのような表情になる。

いや。この世界に日本米のような食材があるかは謎だし、案外いいアイテムなのかもしれない。

そして立ち上る白米の香りを嗅いでいると、なんだかお腹が空いてくる。

「ねぇ、キール。お塩ってある？」

「塩ですか？　ありますよ」

キールはリュックから塩の入っているらしい袋を取り出す。そして私に手渡した。

「あとはお水と、買った物の中に塩気のきいた魚があったりは……しないよね？」

「お水は魔法で出せますし、干し魚も買っていますよ。待ってくださいね」

白米のお供といえば塩気のきいた魚である。塩鮭、ホッケ、塩サバ……それらを想像して私の喉はごくりと鳴った。

キールがリュックから取り出したのは、ホッケに似た切り身を干したものだった。

これがなんの魚かと聞くとキールは『ギョッケ』という淡水に生息する魚だと教えてくれる。

……珍妙な名前だけれど、ホッケみたいなものだと思っておこう。

「お魚、焼けたりする？」

「ええ、もちろん」

キールは近くにあった平たい石を手繰り寄せると、汚れを払って切り身を乗せる。そして
……手のひらから出した炎で石を熱しはじめた。

「それは、魔法？」

「ええ、そうです。魔法は一通り使えますので……と言ってもどんな魔法があるかニーナ様はご存知ではありませんよね。時間のある時にご説明いたしましょう」

「キールは生まれたてなのに、なんでもできるし、なんでも知ってるんだね」

「ええ。異界からやって来る聖女様に不自由がないように、聖獣にはいろいろな技術や知識が与えられますので」

そう言って、キールはえへんと胸を張った。可愛い。

……もしかしなくても、キールはスパダリというヤツなんだろうか。

石が熱され、じゅうじゅうと魚の焼けるいい香りがあたりに漂いはじめる。ごくりと唾を飲みながら、私は自分の作業に取り掛かった。

……と言っても作るものは、またおにぎりなのだけれど。

私は料理があまりできないから、こればかりは仕方ないのだ。

「キール、お水をもらっても？」

「はい！　ニーナ様！」

キールはリュックから木のコップを取り出すと、魔法でお水を注いでくれた。それで手を洗い、ついでに手を湿らせる。そして先ほどキールが出してくれた塩を手にまぶして、私は炊飯器に……手を突っ込んだ。当然お米は熱いのだけれど、不思議と耐えられないほどではない。

……とは言え、しゃもじが欲しいなぁ。

あちあちと言いながらおにぎりを握っていると、キールが大皿をそっと差し出してくる。あのリュックには、いろいろなものが入っているらしい。なんて気の利く子なんだろう。その大皿の上に私はできたおにぎりを置いていった。

「これはなんという料理なのですか？」

「料理ってほど大げさなものじゃないけど。私の国では『おにぎり』って呼ばれてるよ。こっちにはない？」

「ありませんね。こちらのお米はもっとパサパサとしておりますので、こういう形状で食べるのには向いていないと言いますか……」

なるほど、インディカ米みたいなものなのかな。それだと、おにぎりにしたら崩れてしまうのかもしれない。

「これは、携行食に向いていそうです」

「そうだね、携行食にする場合も多いね。中に入れる具材を工夫したら、いろいろな味にできるから飽きないし」

「いろいろな味にですか⁉」

キールが好奇心にぱっと目を輝かせる。本当に可愛いなぁ。

だけど私は、凝ったものは作れないんだよ。

「私は、あんまり凝った具材は作れないからね」

「でしたら僕にお任せください！　料理でしたら僕ができますので！」

ふんす！　とキールがまた胸を張る。

スパダリ美少年はどうやら料理もできるらしい。完璧か！

「キールはすごいね」

「すごいのはニーナ様ですよ。こんなに清浄な神気に満ちた食べ物、僕は知りません！」

「……私には、わからないんだけど」

「神気は聖獣にしか見えませんからね。その炊飯器という神器の力と、ニーナ様の輝かんばかりの神気が、このおにぎりに宿っているのでしょうね！」

なんだかよくわからないけど、褒められているような気がする。

私が照れ笑いをすると、キールもえへへと笑みを浮かべた。可愛い！

……ダメだ。この美少年に対して『可愛い』以外の感想を抱けなくなってしまっている。人は可愛すぎるものを見ると、語彙(ごい)力が死ぬらしい。

「よし。試しにギョッケもおにぎりの中に入れちゃおうか。キール、焼けたら身をほぐしてもらってもいい？」

「はい！」

キールはいいお返事をしてから、お皿にギョッケを乗せてフォークで身をほぐしはじめた。

そのほぐれたものを口にすると、それは濃い目の塩気の少し硬い白身である。うん。そのまま食べるにはしょっぱいけれど、おにぎりの具ならいい感じだろう。

「よいしょ」

身を手のひらに乗せたお米の中心に、水分の少ない白身をぎゅっと押し込む。

興味津々なキールの視線を受けながら、私はギョッケのおにぎりを握っていった。

「でっきたー！」

大皿いっぱいのおにぎりの完成に、私は満面の笑みを浮かべた。

ああ、すごい。白いおにぎりの群れが湯気を立てている。

……ちょっと作りすぎた気もしなくもないけれど。まぁ、いいか！

私の後ろではキールが「すごいです！　ニーナ様」と言いながら嬉しそうに拍手をしている。

この子が私を肯定しない瞬間なんて、これから存在するのだろうか。

「ちょっと作りすぎちゃったね」

「食べきれなかった分は持ち運んで、後ほど食べましょう」

「そうだね、それがいいね。じゃあ……」

私はパン！　と胸の前で手を合わせた。不思議そうにしながらも、キールも私のマネをする。

「いっただきまーす！」

「いただきます？」

キールはきょとりとしながら私の言葉を繰り返す。彼が首を傾げると、大きなお耳がふわりと揺れた。

「うちの国での食事の前の挨拶だよ。命を頂くことに感謝ってこと」

「なるほど、それは『いただきます』ですね」

神妙な顔をしながらキールはふむふむと頷く。本当に可愛いなぁ。と言ってもキールは顔や仕草は可愛いけれど、案外背は高いしパーツはちゃんと男の人だ。

つまりは、かっこよくもある。

この世界に来たのは不運でしかないけれど、キールと出会えたことに関しては幸運だなぁ。優しいし、可愛いし、かっこよくて眼福だし、私の絶対的な味方のようだし。

それにしても……。

「朝からこんなにのんびりするのは、久しぶり」

私は小さくつぶやいてから空を見上げた。今日は快晴で雲ひとつなく、空の高さは果てしない。

ふだんなら会社にいて、ゼリー系飲料片手に仕事をしている頃なんだろう。

私が会社に来ないことに、パワハラ・モラハラ・セクハラの三拍子がそろいまくった上司は今頃おかんむりに違いない。本当にざまーみろだ。

……そのうち私の行方不明がわかるのだろう。家族は心配するんだろうな。家族仲がそこそこいい私としては、それだけが心苦しい。いつか『元気だよ』とだけでも伝えられる手段が見つかるといいのだけれど。

兄弟が私も入れて五人と、数が多くてよかった。私一人だったら、両親が立ち直れないかもしれないから。

「ニーナ様？」

「ああ、ごめんね。ぼーっとしちゃった。お昼ご飯、食べよう」

「はい」

キールはおにぎりを手に取ると……。

「はい、ニーナ様」

なぜか私に食べさせようとする。これは噂に聞く『あーん』というあれでは！　いやいや、おかしいでしょう！

「キール、自分で食べるから！」

「そうですか？」

耳をぺたんと下げてしょんぼりとするキールを見ていると申し訳ない気持ちになるけれど、そこまで世話を焼かせたくはない。

「食べさせたかったのに……」

「自分で食べます！」

落ち込んだ様子のキールに罪悪感を刺激されつつも、私はおにぎりを口に入れた。

そして――思わず目を剥いた。

「美味しい！」

そう、驚くほどに美味しいのだ。

今日は塩があるから？　いや、これは『米』の差？

昨晩のお米は『前の世界』で私が炊いたものだった。しかし今回のお米は『炊飯器から生まれた』ものだ。

お米が立っている、という表現があるが正にそれだ。弾力と程よい水分を残した米が、仄(ほの)かな塩気に引き立てられて口の中に力強い甘味を残す。力加減なんて適当に握ったはずなのに、ほろほろと柔らかく口の中で崩れていく白米を私は夢中で貪った。

そんな私を疑問符を浮かべた顔で見つめていたキースも、おにぎりを口にして……カッと目を見開いた。

「お、お、美味しいです！」

「ね！　でしょう!?　ギョッケの入ってる方も……ふ、ふぁああ」

塩気の強い白身と、そんな美味しい白米が合わないわけがない。

ギョッケの少し硬めの食感が噛みしめるたびに口の中で解けていき、塩味と旨味が白米の甘さと混ざり合っていく。骨が多い魚に見えたけれどキールが丁寧に解してくれたのだろう、小骨が口の中でチクチクするなんてこともない。

無限に……食べられる。

『もっといいアイテムがよかった』なんて思ってごめんなさい、神様！

これは白米が好きな日本人にとっては最高のアイテムです！

「ああーお味噌汁欲しい～」

「おみそしる？」

「私の国のスープだね。麹菌を作るのは難しいらしいから、そこまで望んじゃいけないか」

「……そのおみそしるは難しいですが、美味しいスープなら作りますから！」

はふはふとおにぎりを食べながら、そう言ってくれるキールにキュンとなる。この旅でお世話になるのだろう、キールの料理も楽しみだ。

ふと、街の高い門越しでも見える城の尖塔が目に入る。

お隣さんは、どうしてるんだろうな。

私はそんなことを考えながら、おにぎりを咀嚼した。

――少し心配だけど……私と違って厚遇されてるだろうから大丈夫か。

昨夜のことは非常に腹立たしかったので、もう考えないようにしよう。

私は二個目のおにぎりを食べ終えると『ぷはぁ』と一息漏らした。

するといつの間に淹れてくれたのか……キールが木の器に入ったお茶らしきものを差し出してくれる。一口飲むと、それは温かくて、少し薄い緑茶のような風味だ。美味しいし、安心する。魚を焼いた石台を見るとミルクパンが乗せられているので、また石を熱してお茶を淹れてくれたのだろう。

「ありがとう、キール」

「いえいえ、ニーナ様」

おにぎりをまた食べ、もう一杯お茶を飲んで少しのんびりとする。

いつまでもこのピクニック気分を味わっていたい気もするけれど……そんなわけにもいかない。

聖女と知られる前に、この国を出ないとね。

この国の統治者とやらと関わるのは、二度とごめんだ。

「さて、ニーナ様」

残ったおにぎりを、大きな木の葉を水で洗ったもので器用に包みながら、キールが声をかけてきた。

「旅装にお着替えを」

そう言って渡されたのは暖かそうな赤茶色の生地のコートと、膝までのロングブーツ、白いトラウザーズ、生地の厚いオフネックの黒の長袖。それと下着一式だった。ブラジャーのようなものは当然ないようで、厚い生地のカットソーが下着らしい。パンツは……ドロワーズってヤツかな。なんだか色気のないかぼちゃパンツだ。

……幼気な美少年に、私は下着まで買わせてしまったのか。

申し訳ない気持ちになるけれど、キール自身はなにも気にしていないようでニコニコとしている。

私が木陰で着替えている間に、キールは食事の後片付けもしてくれていた。

そして残ったおにぎりや炊飯器も含めてリュックに押し込んでいく。

……リュックの大きさと入る物品の容量が、つり合っていない気がするんだけど。

それを指摘するとキールは笑って、「これはたくさん物が入る魔法のバッグなので！」と言った。やっぱりここは、異世界なんだなぁ。

cooking 仁菜'sクッキングメモ memo

ギョッケ（ギョッケ科）。ネブ川流域での漁獲量が多い淡水魚。

百年前に来た異世界人曰く『見た目はホッケに似てるけど、味はもっと淡白で脂(あぶら)も少ない。あと油断して川に足とかつけてると、めっちゃ噛む』。

乾燥後に携行食として持ち運ばれることも多い。

箸休め　もう一人の聖女の話・その1（心愛視点）

——昨晩。よくわからない場所に、突然連れてこられた。

私、神埼心愛（かんざきここあ）はふかふかのベッドの上でゴロゴロとしながら「うーん」と小さく唸りを上げた。隣では、金髪碧眼の王子様……ジェミー王子が眠っている。

正直、まだ理解が追いついていないのだけど。

『世界を救う聖女様』だなんて言われて。その上、ジェミー王子のようなイケメンに『私の妃になってくれ』なんて言われるのだから、この世界は私にとって悪い場所ではないのだろう。

隣に住んでる冴えない女にとっては、地獄だったみたいだけれど。

呆然としながら連れ出される『お隣さん』の姿を思い出す。あれは本当に笑えたわ。

毎日覇気（はき）がない表情で会社に行って、覇気がない表情で帰ってくる。いっつも、ボロボロの見た目で過ごしている女。

そんなお隣さんに、私は常に苛立ちを覚えていた。

——見た目を保つ努力をしない、辛気臭いブスは嫌いなんだよね。

私がこの『可愛い』を保つために、どれだけの努力をしていると思ってるの。

「お隣さん、どうしてるのかな」

……そもそも、生きてるのかな。あーあ、可哀想。

ふかふかとした毛玉の感触が、ふと頬をくすぐった。そちらを見ると白い子犬が丸まって寝ている。

私の隣にいつの間にかいた子犬。この子も巻き込まれて、この世界に来てしまったのかな。

王子は『聖獣』だとか言っていたけど。

元の世界のことも別に嫌いじゃなかった。

だけどあのまま生きていても、私がなんらかのヒエラルキーの頂点に上り詰めるような出来事はないのだろうと感じていた。私だってバカじゃないから、それくらいはわかっていたのだ。

そしていつか、お隣さんのようになるんじゃないかと、恐れていた。

……だけどこの世界なら。

私はヒエラルキーの頂点になれる。だって王族も傅く聖女様なんだよ？

「……お前も私も幸運だね」

囁きながら子犬を撫でると、ペロペロと温かな舌で頬を舐められ微笑みが漏れた。

「なにが幸運なんだ？」

逞しい腕が背後から絡みついてくる。そちらに目をやると、ジェミー王子が美しいかんばせに笑みを浮かべながら私を見つめていた。

前の世界の彼氏もイケメンだったけれど、王子は別格だ。こんなハリウッド俳優みたいな人に妃になれと言われるなんて、私の日頃の行いがよかったに違いない。

「王子のような素敵な人のところに来られたことが、幸せだと感じていたのです」

「ああ、私の聖女！　なんて可愛らしいことを言うのだ。巡礼の旅になど出したくないな。手元にずっと置いておければいいのに……」

巡礼の旅……そんなものに出なきゃいけないんだっけ。

三ヶ月ほどをかけて国内を回る。それを一年に一回行うのが『聖女様』のお仕事らしい。そうすれば私から出ている神気？　とかでこの国は浄化されるんだそう。

正直旅とかだるいけど、一年に三ヶ月しか働かなくていいと考えると、まぁ悪くはないのかも。

「私も、王子のお側にずっといたいです」

「お前は本当に健気だな」

私が身を擦り寄せると、ジェミー王子は感極まった声を上げた。

自分で言うのもなんだけれど、私は庇護欲をかき立てる愛らしい見た目をしている。

イタリア人である母譲りの茶色の髪。同じく茶色の大きな瞳。

そこら中のアイドルなんて目じゃないくらいに整った顔立ち。

この見た目の私が甘えていれば、もしかしたら旅にも出なくて済むかも。

「王子はきっと私の運命です」

潤んだ瞳で見つめると、王子の白い頬が赤く染まった。

――男なんて、みんなチョロい。

「そうだ……忘れないうちに。君にこれを」

王子は囁いて、私の首にアクセサリーを手ずから着ける。

それは……銀色のいくつかの宝石がついたセンスのよいネックレスだった。

白い子犬が鋭く『グルル』と唸る。

私は子犬の方を見ようとしたけど、頬に触れられて王子の方を向かされた。

「これは？」

「君の身に危険が及ばないように、守りの力が込められているネックレスだ。肌身離さず着けていて欲しい」

ジェミー王子はそう言うと、女なら誰でもうっとりとするような笑みを浮かべ……また私に口づけをした。

「さて、ひとまず目指しますのは……」

そう言ってキールが地図を広げる。私は彼の背後からそれを覗き込んだ。

「街道沿いが当然安全ではあるのですけれど。万が一を考えてニーナ様の足取りは消した方がいいですし……人目がなるべく避けられる迂回路を進みましょう。だとすると、ハーミア村が最初の目標地点となります」

テキパキと地図に旅の順路を書き込んだ後に、キールはちょっと得意げな顔をしながらそれを畳む。どうしていちいち仕草が可愛いんだろうな、この子は。

「今やってもらってる結界を張りながら進めば、目立たないんじゃないの？」

「これは固定用なのです。お役に立てず申し訳ないです」

しょぼんとしながら耳と尻尾を下げる彼を見て、私は慌てた。うう、余計なことを言っちゃったな。

「ごめんね、無理を言って」

手を伸ばすと、キールは頭を下げる。わしゃわしゃと撫でてあげると金色の瞳が嬉しそうに細められた。はぁ……美少年に癒されるわぁ。

「他のことでお役に立てるように頑張りますので。護衛もできます、家事も料理もできます！　えっと、あとは……狩りも得意なので、ご飯には困らせません！」

「そっか……ありがとう」

　手袋の嵌（はま）ったおててを握ると、ぎゅっと握り返される。ほにゃりと微笑まれると胸の奥が温かくなって、ぎゅーっと締めつけられた。これが母性本能というやつか！

「……キール。ずっと一緒にいてくれる？」

　この世界で私が頼れるのはキールだけだ。心細くて、思わずそんな重たいことを口にしてしまう。

「ニーナ様とともにあることが僕の使命です。一緒にいてくださらないと、僕が泣いてしまいます」

　可愛くて頼りになる男の子は、そう言ってにっこりと笑った。

　キールは荷物を収めたリュック――マジックバッグと言うらしい――をよいしょと背負う。

　私は……手ぶらだ。

「キール、私も荷物を」

「旅慣れしていない女性は歩くだけでも大変です。荷物は僕が持ちますよ。いいですね？」

　有無を言わせぬ男前である。

　だけどたしかにキールの言う通りだ。私の日々の移動距離なんて自宅と駅、会社と駅の短い距離だけだったのだから長歩きに慣れているわけがない。

「お疲れになったら、僕が抱いて歩きますので。旅のことは万事心配しないでください」

キールは自分の前で抱え上げるような真似をする。そ、それはお姫様抱っこで運ばれるってこと⁉

「……いつでも、遠慮なく」

妖艶(ようえん)な笑みを浮かべたキールは、そう言って私の頬に口づけした。

うちの聖獣は、可愛くて、頼りになって、男前で……しかも色っぽいらしい。

「そ、そういうのは禁止！」

真っ赤になった顔をパタパタと手で扇いでいると、キールにくすりと笑われてしまった。

用意してくれたブーツはとても歩きやすく、旅慣れない私でもさくさくと歩くことができた。

それを報告するとキールが嬉しそうに笑ってくれる。

街道を進んでいるうちに、私が召喚された王都は、どんどん小さくなっていく。振り返って
それを眺めていたら、頭を優しく撫でられた。何度か撫でられているうちに、キールの手が、
意外と大きいことに気づいて、ドキリとする。

「ニーナ様……あそこには、絶対に連れ戻させはしませんから」

「……うん、ありがとう」

「そうだ！　今向かっている村は、チーズが特産物なんですよ。チーズを使ったおにぎりなん

てものは、あるのですか？」

キールはおにぎりが大変お気に召したらしい。ニコニコとしながら期待に満ちた瞳をこちらに向けてくる。

「鰹節とチーズのおにぎりは美味しいけど、この世界にはたぶん鰹節がないよね……さっき食べたギョッケよりも塩分が少ない干し魚で代用すれば似たようなものが作れるかなぁ」

「塩分が少ない干し魚……村にあるといいのですけど」

「ふふ、いろいろ楽しみ！　こんなにワクワクするのって、なんだか久しぶりだなぁ」

キールがきょとんとして首を傾げる。そんな彼に私は笑ってみせた。

「前にいた世界では働き詰めで、毎日すっごーく疲れてたの。こんな休暇みたいなの……久しぶりだなぁって。そんな場合じゃないのは、わかってるんだけど」

「僕がお守りしますから。ニーナ様はただのんびりとしていてください」

貴方、私を甘やかしすぎ。これは人をダメにする聖獣だ。

「この国を出るまでには、どれくらいかかる？」

「迂回路を使いますしね。二ヶ月……いや、三ヶ月は見ていた方がいいかと」

北海道から九州の日本徒歩縦断が百日程度と聞いた気がする。だからそれくらいだろうなと私は納得した。

「途中の街で馬や馬車を買ってもいいのですが……乗り捨てることになると思います」

「乗り捨てる？」

「ええ。整備された道を進むわけではないので」

近世くらいの文化レベルの迂回路だからなぁ。道なき道も多いのだろう。ここは道路整備がされた日本じゃないもんね。

「乗り捨てはなんだかもったいないね」

「そうですね……しばらくは徒歩で行動しましょう。いざとなれば僕が抱えて歩きますので」

「それは恥ずかしいよ！」

また私を抱く動作をするキールに叫ぶと、彼はなんだか残念そうな顔をした。

キール、そんなに私を抱えたいの？　……重くはないとは、思うけど。

「この国を出たら、どう生きようかなぁ」

「それは、旅をしながら考えませんか？　僕も一緒に考えますので」

思わず零れたつぶやきに、キールが優しく答えてくれる。

「それもそっか」

私はこの世界について知らないことばかりなのだ。

旅をして、世界を知って。

……それから私に、なにができるかを考えよう。

8皿目　お肉との遭遇

街道を二時間ほど歩いた後、キールに連れられるままに脇道に逸れる。

キールが歩調を調整しながら歩いてくれるので、今のところ歩きがひどくつらいということはない。彼は時々こちらを振り返り、歩きづらい地面の状態の時は手を引いてくれる。

……こんなにも男性に甘やかされたことがない私としては、そのたびに落ち着かない気持ちになってしまう。彼は下心なく、仕えてくれているだけなのにな。浅ましいような自分が少し恥ずかしい。

「村まではどれくらいかかるの？」

「三日です。二泊野宿を挟みます」

キールの言葉にふむふむと頷く。

野宿かぁ。昨日くらいの気候なら、大丈夫かな。

そんなことを思いながらキールについていくと細い脇道は獣道になり、森の中を進むほどに、道というのもおこがましいものへと変化していった。

「キ、キール。これ、道!?」

「ええ、道です。地元民が使うものですけれど。こういう道が続くので、馬や馬車を使えないのですよね」

キールは申し訳なさげな顔をして、私の手をそっと引く。そうしながらも器用に目の前の枝などを払い、私が進める道を作っていった。

……お世話を、焼かれてばかりだなぁ。

出会ってまだ一日も経っていないのに、しみじみとそれを感じる。

なにか恩返しができればいいのだけど。

キールはおにぎりを気に入ってくれたみたいだから、もっとバリエーションを増やすことができないかなぁ。

思い浮かぶのは……のりたま、ゆかり……ダメだ。シーズニングなんてものは異世界には無縁のものだろう。梅干し……は存在してたとしても好みが分かれる。この世界には、わかめはあるのかな？　海老があれば天むすはいけそう。揚げ物なんて作ったことがないから、揚げるのはキールにやってもらうことになるだろうけど。あとは、あとは……。


……混ぜご飯のおにぎり？

これならいけそうだ。具材を炒めてから混ぜてしまおう。具材の味付けは……お塩と調理酒？　後でキールにどんな調味料があるか確認しよう。こんな険しい道なのだから、食べられるキノコなんかも生えているといいのだけど。うーん、まずはお肉だなぁ。やっぱり鳥かなぁ。豚も美味しいけれど。……豚もいいなぁ。

『ブォオオオオオオ‼』


その時、周囲に大きな獣の声が響いた。キールがハッと前方に目をやる。すると猪らしきなにかが、こちらに向かって突進してくるところだった。

「……お肉！」

「ニーナ様⁉」

思わず漏れた私の声にキールがびくりと反応する。

しまった、つい考えてたことが口に出てた。猪を見て肉を連想する、めちゃくちゃ食い意地の張った女みたいじゃない！

というかこの猪大きくないですか。……かるーく軽自動車くらいはあるのではないだろうか。

こんなものにぶつかられたら、体がバラバラになる！

「ひっ！」

私は小さく悲鳴を上げた。そんな私と猪の間にキールが素早く立ち塞がる。

「――髪の一本にも、触れさせるか」

低くドスのきいた声が耳に届いた。それが可愛いキールから漏れたものだと信じられなくて、私は声の主を凝視する。だけどこちらからは彼の背中しか見えず、その表情は窺えなかった。

いや……余計なことを考えている場合じゃなくて。

「キール、逃げよう！」

「……大丈夫です」

キールは短くきっぱりと言うと、大きな動作で手を振り払った。

空気がしなり、猪に『飛ぶ』のが『見えた』。

これも、魔法なんだろうか。

その光景に私は目を瞠る。しなった空気はそのまま鎌のように猪に襲いかかり――その首を鋭く薙いだ。

『ギッ！』

そのまま猪の首は落ちた……のだと思う。キールが振り向くと、私の目に手を当てて目隠しをしたのでその瞬間はよく見えなかった。ずしり、と重いものが倒れる音。そして濃厚な鉄の匂いがあたりに漂う。

「キ、キール」

「怖かったですよね、ニーナ様。ああ、こんなに震えて……」

キールに言われて、私は自分が震えていることにようやく気づいた。

震えても、仕方ないよね。だって日本でこんな命の危険に晒されたことはない。はじめて感じた命の危険は——鮮烈な恐怖を心に焼き付けた。

「ニーナ様、いい子。怖くない」

キールは微笑むと私を抱きしめ、背中を大きな手で何度も撫でてくれる。

安心感からなのか、恐怖の残り香からなのか。たちまちに涙がせり上がり、頬をぼたぼたと流れていく。その涙を……キールは舌で優しく舐めた。

舐め……た？

「き、きーるぅ⁉」

「大丈夫ですよ、ニーナ様。怖いものはぜんぶ僕がやっつけますから」

「そうじゃなくて、どうして舐めたの！」

「……美味しそうだったので」

可愛い顔でうっとりと言うけれど、それは変態行為に近いのでは⁉

いや、キールはわんこなのだ。わんこだから、ペロペロするのが彼の中での常識なのかもしれない。これはどう躾(しつ)ければいいんだろう。

「ところでニーナ様。猛突猪(ちょとついのしし)は、食べられるので。お肉が必要なら下処理をいたしますけれど」

「……え？」

突然のキールの言葉に、私は思わずきょとんとした。

「突進してくるアレを見て『お肉』とおっしゃられていたので」

ああ、そうだ。たしかに口にした。

「あのね、キール。……私、意地汚いわけじゃないの」

「そうですね、ニーナ様」

キールはニコニコとしているけれど……絶対に意地汚いと思ってるよね！

「違うんだから！　お肉があったらキールに美味しいものを食べさせられるかなって考えてたら、あの猪が出てきて……」

「ニーナ様！」

キールは目をキラキラと輝かせながら、ブンブンと大きく尻尾を振る。そして私を抱きしめる腕に力を込めた。う、苦しい！

「僕のためだなんて、嬉しいです！　精魂込めて下処理をしますが……時間がかかりますし。見目がいいものではありませんから。えーっと」

そう言いながらキールは猪の死体が見えないように自分の体で隠しながら、私を少し開けた場所に移動させる。そしてリュックを下ろすと明らかにサイズの合わないテントをばふりと取り出した。

「この中で待っていてください。ちょうど日も落ちてきましたし、今日はこのまま野営にしましょう。結界も張っておきますね」

「キール、ごめんなさい。手間をかけさせて」

「いえいえ、食糧が多くて困ることはございませんし。今から処理をすれば明日朝には食べられる状態になるでしょう」

キールの説明によると。

動物の解体は、血抜き、洗浄、内臓摘出、水での冷却……とかなりの手間がかかるみたい。

申し訳なくて「無理にしなくていいよ⁉」と言ったのだけれど。

「ニーナ様がなにを作ってくれるのか、楽しみなので！」

と嬉しそうに言われてしまっては……私にはそれ以上止めることはできなかった。

私は凝った料理ができないから、きっとそんなにいいものはできないよ。ごめん、キール。

本当にごめん。

……私のために生まれたこの子は、私の願いならなんでも叶えようとしてくれるのかもしれない。

迂闊（うかつ）なことは言わないようにしようと、私は心の中で誓った。

cooking 仁菜'sクッキングメモ memo

猛突猪（イノシシ科）。軽自動車ほどの巨体で突進してくる、非常に好戦的な猪。

しかし木の実やキノコが主食であり、その肉は臭みもなく美味。

百年前に来た異世界人曰く『この猪にぶつかられて、異世界転生する人もいる』らしい。

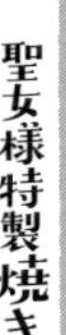

僕は鼻歌を歌いながら、猪の死体と向き合った。

猪の首は綺麗にすっぱりと断たれており、その断面からは大量の血が流れている。

……こんなグロテスクなもの、ニーナ様に見られなくてよかったな。

僕は猪に手を当てる。そしてその血と臓物を魔法で転移させた。どこに飛んだかはわからない。だけど旅の進路上には『飛ばして』いないから、ニーナ様の目に触れることはないだろう。

続けてロープとフックを使って巨体を木に吊り上げた後に、水魔法で洗浄していく。

ニーナ様のお口に入るものなのだ。作業は丁寧にやらないと。

それにしても嬉しいなぁ、ニーナ様が僕になにかを作りたいと思ってくださるなんて。

聖獣は自分と対である聖女のためだけに生き、聖女のためなら命を投げ出すことさえも厭わない存在だ。生まれた時からそうなるよう宿命づけられている。聖女のための道具だと言ってもいい。

そんな僕なのだから……もっと乱雑に使ってくださってもいいのに。

なのにニーナ様は僕がなにかをすると、はにかんでお礼を言ってくださる。そんなニーナ様を見ていると、僕の心はぽかぽかと温かくなるのだ。

お優しいニーナ様。

彼女にこれからも、誠心誠意をもって尽くさないと。

「それにしても……もう一人の聖女か」

ニーナ様と一緒に『こちら』にやって来た異界の女。

聖女が二人なんて、そんなことがあり得るのか？　過去にそんな例は存在しない。

しかし聖獣は女のところにも顕現したとニーナ様はおっしゃっていた。ならば……。

「その女は……たぶん」

思いついた可能性に、僕はなんだか腑に落ちる。そして愉快な気持ちになった。

――召喚に巻き込まれたのは、おそらく『あちら』だ。

肉はしばらく水に晒さなければならない。刃物で猪の体を開いた後に水魔法で流水をかけニーナ様がいるテントに向かうと、僕の気配を感じたのか彼女がひょこりと顔を出した。

「お疲れ様、キール！　晩ごはんにしない？」

ニコニコと笑うニーナ様は本当にお可愛らしい。異界での生活が過酷だったからだろう。肌艶が少し悪いけれど……うん。僕が絶対に健康にしてみせる。

「ご飯ですか、ニーナ様」

尻尾が勝手に左右に揺れる。ニーナ様のしてくれること、ニーナ様とできること。そのすべてが僕にとっての喜びだ。

「うん。その前にお茶を淹れてもらってもいい？　それと二つ、器をちょうだい」

「はい、ニーナ様」

昼と同じように魔法で熱した石の上でミルクパンで水を温め、その中に茶葉を入れる。そしてゆっくりと煮出した。少し長めに煮ないと、このお茶は薄くなるんだよな。

「そうだ。あとね、おにぎりを焼きたいから石をもう一枚熱してもらっていい？」

「わかりました、ニーナ様」

水魔法で洗った大きめの石を熱すると、彼女は楽しそうな表情で『おにぎり』をそれに乗せる。これは昼の残りの、ギョッケが入っているものだな。香ばしい香りが周囲に漂い、激しく食欲を刺激された。それはニーナ様も同じようで、今にも涎を垂らしそうな表情で焼けるおにぎりを見つめている。

ニーナ様はおにぎりの両面を焼くと、木の器に入れた。そして……。

「このお茶、もう煮出しは大丈夫？」

「はい、大丈夫かと」

「じゃあもらうね」

そう言っておにぎりに躊躇なくお茶をかけたのだ。

香ばしくてじゅうぶん美味しそうだったのに、一体なにを。

「……ニーナ様？」

「ふふふ、お茶漬けって言うんだよ。私が住んでた国ではメジャーな料理なの。味が足りなかったら、お塩を足して？」

器を受け取りクンクンと匂いを嗅ぐ。たしかに焼いたおにぎりとお茶の香りが混じり合って、美味しそうな香りを立てている。

ニーナ様を見ると『いただきます！』と笑顔で言って、スプーンでおにぎりを解しはじめた。

なるほど、そうやって粥のようにしてから食べるのか。

はふはふと息を切らせるようにして美味しそうにパクついているニーナ様を見ていると、僕の食欲も刺激される。

ニーナ様の真似をして木のスプーンでおにぎりを解すと、中から現れたギョッケの白身が茶の中で泳ぎ、なんとも美味そうな絵面になった。

「んっ……」

スプーンで一口掬って食べると、口の中には絶妙な魚の塩気と米についた焦げの香ばしさ、そしてお茶の香りが広がる。……これは美味しい。

「はふ！　あ～美味しい！」

ニーナ様も声を上げながら夢中で食べているが、その気持ちはよくわかる。ニーナ様の前で落ち着きをなくすのは恥ずかしいので、必死で我慢しているけれど。

「ごめんね、残り物の再利用で」

「いいえ、とても美味しいです。ありがとうございます。猪肉ではなにを作るのですか?」

「炒めてご飯と混ぜたいなぁって。一緒にキノコやお野菜も入れたいけど、このあたりに生えてないかなぁ」

「このあたりにはマロコ茸という肉厚のキノコが生えていたはずです。後で探してみましょう」

ニーナ様の次の手作りご飯も楽しみだ。想像すると顔が思わず綻んでしまう。

彼女が触れたものには神気が宿るが、特に『おにぎり』というあの料理は、神の祝福を受けた『炊飯器』との相乗効果もあるのか、まばゆいほどの神気で満たされている。それを食べると体中から力が湧き上がり、体力や魔力の枯渇なんて想像すらできなくなる。

人間ならば重い病気の一つや二つ、すぐに治ってしまうかもしれないな。

単純に『美味い』だけのものなら僕でも作れるだろう。だけどこんな奇跡のようなものは、ニーナ様にしか作れない。

ニーナ様ご本人には効きが悪いようで、目の下の隈などが取れていないようだけれど。

……ニーナ様は僕が健康にするから。まぁ、それはいいんだ。

「たくさん残るだろうから、塩とハーブで漬けてベーコンにもしたいね。牡丹鍋もいいなぁ。だけどこの世界には味噌がなさそう。生姜焼きなんかも美味しそうだね!」

ニーナ様の会話は僕には理解できない部分もあるけれど、彼女が楽しそうなので、うんうんと頷いてみせる。

「氷魔法で凍らせてリュックに収納しておけば、かなりの期間持ちますので、ゆっくりと消費しましょう」

　王都で購入したマジックバッグは小さな倉庫に収まる程度の荷物ならば収納できて、中の時間の流れも遅い。保存魔法がかかった瓶などに入れていればさらに日持ちは伸び、野菜も新鮮な状態で保存できる。猪の肉も、腐りきるまでに消費できるだろう。

　高い買い物だったけれど、買ってよかったな。

「僕も猪肉のスープを作りますね。このお米に合うと思いますよ」

　トマトと赤ワインがあるので、一緒に煮込んでしまおう。

　臭みも取れて美味しいはずだ。時間がちょっとかかるから、明日以降の野営のタイミングで作ろうかな。

「えへへ、楽しみだなぁ」

　ニーナ様が嬉しそうに笑う。食べる前からそんなに嬉しそうなのだ。食べた時には、どんな顔をしてくれるのだろう。

　僕はそんなことを考えながら、ふにゃりと柔らかくなった白米を口に運んだ。

カキノハ茶。カキノハという木の葉っぱを天日で干したもの。
長く煮出さないと香りが出ないが、安価な上にカビにくく、健康にもよいとされている。
肌艶がよくなるので女性にも人気。

10皿目　朝の聖獣式サンドイッチ

朝起きると、両手いっぱいのキノコを抱えたキールがテントの外に立っていた。

それは肉厚のマッシュルームに似た外見のキノコで、見るからに美味しそうだ。

これがたぶん昨日彼が言っていたマロコ茸なのだろう。

「すごい！　キール！　採ってきてくれたの⁉」

「……ニーナ様に、喜んで欲しくて」

そう言ってお耳をぺたんと下げながら照れたように笑うキールは、まるで天使のようだ。

ああ、うちの聖獣が尊いです。

「さて、朝は僕がパパッと作ってしまいますね。調理に時間がかかりそうなものは、お互い今晩のお楽しみということで……」

「うん、そうしよう！」

キールは私が寝ている間にカットしてリュックに収納していたらしい、猪肉の塊を一つ取り出す。それをまな板の上で薄切りにした後に、キノコも刻んでいく。一体なにを作ってくれるんだろう。

ちなみに昨晩はキールと一緒に寝た。……子犬の方のキールとだけど。

テントが一つしかないから外で寝る、なんて言い出したから折衷案でそうなったんだよね。さすがに子犬にはドキドキしないから、とてもよく眠れた。ふかふかで気持ちよかったなぁ。

「私はなにをしたらいい？」

「お米を炊いて、昼食用のおにぎりを作って頂けると助かります」

「わかった！」

爽やかな朝の森で、美男子と地べたに座ってクッキングだなんて。人生なにが起きるかわからないものだ。

炊飯器をぱかりと開けると、やっぱりお米とお水がセットしてある。……うーん、原理が謎だ。早炊きでもとっても美味しかったので、ものぐさな私は今日も早炊きボタンを押した。

「玉ねぎは……残り十回分くらいかな。もう少し買っておけばよかった」

キールはつぶやきながらリュックから瓶をいくつか取り出す。瓶には刻んだニンニクや玉ねぎなどがみっしりと入っているようだ。魔法のフリーザーにでもなっているのか、それは刻んだばかりのように新鮮に見える。

……たくさん入るバッグといい、異世界はすごいなぁ。

キールは魔法で熱した大きめの石の上で、まずはバターを溶かした。続けてニンニクと鷹の爪を投入し少し炒めてから、玉ねぎと薄切り肉を投下する。塩胡椒で味付けをしながらそれらを炒めた後に、たくさんのマロコ茸が仕上げとばかりにどさりと入る。

というか石焼き、便利だなぁ。魔法で一瞬で熱くなるし、後片付けもいらないし。

現代日本だと逆に面倒なんだろうけど。

「ふぁ！」

しばらくすると濃いキノコの香りがこちらまで漂ってきて私は驚いた。

白ワインが軽く振りかけられると、さらに香りが強く漂う。というかキール。『パパッと』作るなんて言っておいて、私が作るものの数倍手が込んでるね……。

「そのキノコ、いい匂い……」

「もともと香りの強いキノコなのですが、火を通すとさらに香るんですよ。生でサラダにしても美味しいので、それも今度お作りしましょうね」

そう言いながらキールはリュックからスライスされたハードタイプのパンを取り出すと、別の石の上で軽く焼きはじめた。これは、サンドイッチかなぁ！

パンやお肉の焼ける香ばしい香りがあたり一帯に漂っている。あー本当に楽しみ！

この匂いにつられて野生動物が来ないか少し心配になるけれど、おそらく結界が張ってあるのだろう。周囲には私たちの気配しかしない。

「聖獣ってなんでもできてすごいね」

具材をパンに挟むキールを見つめながら、私は感心した声を漏らしてしまった。

「お仕えする主を支えるための存在なので、恥ずかしくない程度に一通りは……。主人の苦手分野に関しては、さらに手助けができるように特に上手に身について生まれる、なんて説もあるそうですけど。それは眉唾だと思っています」

その説が正しければ……。

私ができないことだらけだから、キールはこんなにスパダリってことになるんだけど！　なんてことだ！

「私って、できないことばっかりだからなぁ」

会社でも『役立たず』とか『仕事が遅い』って毎日言われてたし。……うう。嫌なこと思い出しちゃったなぁ。今考えると入社すぐから仕事がバリバリできるか！　って話なんだけど！

「いえ、できないことばかりだなんて。神気がとてもお強いですし！」

「……空気清浄機としての能力だけは高いってことか」

「ニーナ様」

キールがすっかり涙目になっている。うん、いじめるのはやめよう。

スパダリの恩恵を受けるのは私なのだし。なにもできない私、むしろいい仕事じゃない？

「ふふ、冗談。なんでもできるキールで嬉しい」

へらっと笑ってみせると、キールも安心したように笑った。

「さ、できましたよ」

「うう、私はご飯がまだ炊けてない……」

「これを食べ終わってから、一緒におにぎりは作りましょう」

キールは本当にできた子だ。

お皿に盛られたサンドイッチが手渡される。パンの隙間からは美味しそうに焼けた具材が覗き、お肉と玉ねぎの香ばしい香りと、キノコの馥郁(ふくいく)とした香りが嗅覚を刺激した。口の中に自然に涎(よだれ)が溜まる。これは絶対に美味しいヤツ……！


「「いただきます！」」


私とキールは手を合わせると、声をそろえて『いただきます』をした。

そして大口を開けてサンドイッチにかぶりつく。こういう時に上品にしていても仕方がないのだ。異論は認めない！

——口に入れた瞬間。鼻孔を芳醇(ほうじゅん)な茸の香りが抜けた。

うっとりとしながら噛みしめると、少し硬めの食感の薄切り肉から豊かな脂が滲み出てくる。

キールが丁寧に処理をしてくれたからだろう。肉はジビエとは思えないくらいに臭みがない。

マロコ茸は肉厚でよい歯ごたえだ。噛みしめると濃い旨みが口中を満たし、香りがさらにふわりと漂う。

そして程よく炒められた玉ねぎと、パンの香ばしさ！

バターとニンニクの香りが食欲をさらに高め、ピリリと時々口中を刺激する鷹の爪の味は素材の旨みを確実に引き立てている。

「う、うみゃぁああ～！」

私は感嘆の声を上げながら、サンドイッチの美味しさに震えた。

天才か！　うちの聖獣は天才料理人なのか！

「うん、まぁまぁですね。大きな街でスパイスも買い足した方がいいな……」

サンドイッチを口に詰め込み、もくもくと頬を膨らませながらキールがそんなことを言うから私は驚いた。うちの聖獣の探究心には果てがないのか。

……ダメだ、これ。確実に胃袋を掴まれる。

マロコ茸。マッシュルームに似た外見のキノコ。しかしサイズはマッシュルームの二、三倍。香りが強く、生食でも食べられる。
マロコの木の根本に群生しており、旬の時にはその香りは森中を満たすという。

箸休め　もう一人の聖女の話・その２（心愛視点）

「聖女様、聖女様」

小さな声が私を呼ぶ。今夜は共寝をしていないから、この声は王子ではない。

……王子よりも、ずっと美しい声をしているし。

眠たさで重たい瞼を開けると、そこには白い髪をした獣の耳と尻尾を持つ少年がいた。

淡雪のような髪、新雪のような白い肌。青いサファイアのような瞳。儚(はかな)い印象を与える整った顔立ち。今までに見たことないくらいの、綺麗な男の子。


——なにこの子……綺麗。


不審者だとかそんな感想の前に、私がその子に感じたのはそれだった。

少年はなぜかほろほろと綺麗な涙を流しながら、私の頭を優しく撫でている。

正体のわからない少年を警戒しようという気持ちは、不思議と起きなかった。

「貴方、誰？」

手を伸ばすと、そっと壊れ物でも扱うかのように優しくその手を取られる。少年の手は驚くほどにか細くて頼りない。その感触はなぜか胸を締めつけた。

「名無しの聖獣です、聖女様」

「聖獣？　ああ、私を守るという……」

聖獣は生まれてすぐは子犬の姿しか取れないのだけれど、この世界に馴染むと人の姿も取れるようになる。そして私を守るためだけに働くのだと、王子にそんな話は聞いていた。そして私の聖獣はなぜか『人化』が遅いと。

今までの聖女召喚の通りだと、聖獣は聖女が召喚されてから一晩も経てば『人化』していたそうだ。そんな私の聖獣がようやく『人化』できたのだろう。だけど私を『守る』という割には彼は幼く頼りなく見える。

頬を流れる涙をそっと手のひらで拭う。すると少年は消えそうな儚い笑みを浮かべた。

「名前が、ないの？　じゃあ付けてあげる。白雪……シラユキ、でどう？」

我ながら安直なネーミングだと思うけれど。それしか思いつかなかったのだ。

だって積もりたての雪みたいに、彼が綺麗だから。

「シラユキ……嬉しいです」

シラユキはふわりと笑って、コロンとまた子犬の姿に戻った。

……これは、一体どういうことなのだろう。

夜が明けてから。

部屋を訪れたジェミー王子に、私は昨晩のことを話した。

「問題なく人化できたのなら、よかったではないか」

王子は笑顔でそう言うけれど、本当に？

「問題なく？　私には弱っているように見えましたが」

昨晩のシラユキのか弱く頼りない様子。あれは今にも消えてしまいそうなもののように感じた。

「そんなに心配なら……そうだな。神殿に植えられたサキアの実でも調達しよう。あれは神気を強く帯びていると聞く」

「ええ、ぜひお願いします」

そのサキアの実にどれだけの効果があるかは知らないけれど。それであの子が元気になるなら、いくらでも持ってきて欲しい。

だってあんなに綺麗な子なんだもの。弱って、死んでしまったりしたらもったいない。

私は側で眠っている子犬の頭を優しく撫でる。元気になって、また綺麗なあの姿を見せて。

「そうだ。三日後に聖女お披露目の式典をするのだが。お召し物はどのようなものが好みかな」

「……三日？　ずいぶんと急ですね」

私はまだこの世界に来たばかりなのに。式典をして美しい私を披露すること自体に異論はないけれど、とにかく急のように感じる。しかも『聖獣』であるシラユキの調子も万全とは思えない。

「申し訳ない。だが……美しい聖女の姿を国民に披露し、安心感を与えたいのだ」

王子は眉尻を下げながら私の手を握った。そして何度も、額や頬に許しを乞うように口づけをする。私は王子の態度と言葉に、すっかり気をよくした。愛らしく美しい私の姿を見せたいというのなら、それは仕方のないことなのだ。

「巡礼の旅は、いつからはじまるのです？」

「式典後、数日したらお願いしたいと」

……数ヶ月はのんびり過ごせるものだと思っていたのに。

すべてが、ずいぶんと性急な話である。

「三ヶ月の巡礼を終えれば、次の巡礼までの九ヶ月はどれだけの贅を尽くし、どれだけゆっくりと過ごされても結構だ」

——贅を尽くし、ゆっくりと過ごしても。

その一言を聞いて、私は口まで上りそうになっていた不満をぐっと飲み込んだ。

今は……我慢のしどころなのかもしれない。

巡礼の旅でたっぷりと恩を売って、いい暮らしをさせてもらうんだから。

「わかりました、この国を救うために尽力させて頂きます」

私は聖女様。

だから慈愛の精神で少しくらいのワガママなら、許してあげる。

11皿目　森の中での出会い

キールと一緒にお昼ご飯用のおにぎりを握って、野営地の後片付けをしてから、私たちは旅を再開した。

キールとの旅は……楽しいなぁ。

守ってもらいながらの旅路の上に、半ば逃避行のようなものである。こんなことを思うのは不謹慎かなぁと思うものの、毎日の出勤からの解放感も手伝って、やっぱりワクワクとしてしまう。

「ニーナ様、ご機嫌ですね」

「少し不謹慎かもしれないけれど。キールと旅をするのは、楽しいなぁって」

「ニーナ様！」

言葉を聞いて、キールは感極まった声を漏らしながら抱きついてきた。

「ぎゃ！」

私は可愛くない叫び声を上げて、その場で固まってしまう。

……キールの接触過多には、まだまだ慣れない。

というか一緒に山野を歩いているはずなのに、君からはどうして常時いい香りがするんですかね。猪を捌いていたはずなのに、生臭さなんて一切しないんだけど！

私、臭くないよね⁉　昨夜はキールがくれたお湯で体中を拭いたけれど……。

キールと比べていい香りがする自信なんて一切ない！

「キール、離して！」

「ですが、ニーナ様！　嬉しくて！」

尻尾を大きく振りながら、キールはぎゅうぎゅうと強い力で抱きしめてくる。

うん、いるよね。振り払っても振り払っても飛びついてくるわんこって。それがわんこならいいのだけど、絶世の美少年だから困るのだ。

「キール、ダメ！」

「……はい」

強い口調で叱ると、キールは渋々といった様子で離してくれた。お耳がぺしょりと垂れて可哀想な気持ちになるけれど……躾はちゃんとしないと私の心臓が持たなくなるから！

「さて……」

目的の村までは残り一日と少し。予定通りだと明日の夕方前には着くはずだ。

ちなみに村では情報収集と買い物をして、一泊してからすぐに立ち去る予定である。キールが名物だと言っていたチーズを買えるといいなぁ。

無理のないペースで獣道を進んで行きつつ、時折休憩を入れる。そうしているうちに周囲は少しずつ茜色に染まり、今日も夜の帳が訪れようとしていた。

「このあたりで、野営をしましょうか」

少し開けた場所で立ち止まったキールの言葉に私は頷く。

この旅の日程は、旅慣れない私のためにかなりゆったりと設定されている。キールの足取りからはそれがわかるし、休憩も明らかに多い。睡眠時間もたっぷり八時間以上は取らせてくれているだろう。

なのに私の体はそれなりの疲労に満ちている。しかもまだ二日目なのに……情けないなぁ。

まぁ、疲れはあっても毎日の出勤の万倍は楽しいのだけれど。

「おつらいですよね、ニーナ様」

キールは大きな石の上に私を座らせて……丁寧にブーツと靴下を脱がせた。

綺麗な手によってみるみるうちに晒される素足に、私は思わず目を瞠る。

「キール⁉」

「疲れに効く薬がございますので」

彼はリュックから小瓶を取り出し、中に入った液体を私の足に塗り込んでいった。ぽかぽかとして、たしかに気持ちいいのだけれど……男の子に足を触れられるのは、いささかどころじゃなく恥ずかしい。

頬を熱くしながら、真剣な表情のキールから目を逸らす。すると木々の隙間に灯りが煌めくのが見えた。灯りはゆらゆらと揺れながら、こちらに近づいてくる。明らかに、人だ。

「キール、誰かいる」

「ええ、おりますね。このあたりに住む者でしょう。もしかすると明日行く村の者かもしれませんね。結界を張っておりますので、私たちは認識されません……ご安心を」

飄々と言うキールに少し強めに足をマッサージされて、私は「ぎゃっ！」と悲鳴のような声を上げてしまう。しかし灯りはそんな悲鳴を意にも介さずという速度で、こちらへと近づいてくる。本当に、私たちは認識されていないんだ。

「あ……女の子」

茂みを揺らしながらこちらにやって来たのは、十になるかならないかくらいの女の子だった。その手足はやせ細り、服もなんだかボロボロだ。手には籠を持っていて、中にはキノコや山菜らしきものが入っている。周囲に漂っている灯りは魔法で浮かべているものなのだろう。

女の子はふらふらとした足取りでこちらの前を通り過ぎようとして……派手に転んだ。

バラバラと地面に籠の中身が飛び散る。女の子は体をふらりと揺らしながら、それを拾い集めようとした。

「キール、結界を解いて。手伝いたい！」

「そうですね……害はなさそうですし」

キールの言葉を聞いて、私はブーツを履き直してから女の子に駆け寄った。

「大丈夫？　手伝うよ！」

するとと女の子は突然現れたように見えたのだろう、私とキールを見てビクリと身を震わせたのだった。

散らばった山菜やキノコを一緒に拾い集めて渡すと、女の子は何度も私にお礼を言った。

「ありがとうございます！　お姉さんたちがいたの、気づかなかったです……」

「きっと疲れてたんだね。ふらふらとしてたし」

キールの力がどこまで常識の範疇なのかわからない私は、そんなふうに言葉を濁す。すると女の子は力のない笑みを浮かべた。

「ご飯、三日食べてなかったからかな……」

「三日ぁ!?」

私は思わず大きな声を上げてしまう。すると彼女はびくりと体を震わせた。

「ああ、ごめんね。驚かせて。私は仁菜であっちはキール。貴女、名前は？　どこの子？」

「アリサ。ハーミア村に住んでます」

そう言ってアリサはぺこんと頭を下げた。ハーミア村……私たちが明日到着する予定の目的地だ。そんなところから小さな女の子が、どうして一人で？

黒髪黒目の清楚な印象を受ける細身の……いや、痩せすぎた少女。こんな子が遠い村から三日も食わずで採取に来なければならないほど、ハーミア村の食糧事情は悪いのだろうか。

……三日も、食べてないのか。

「……うちでご飯、食べる？　今の時間にここにいるってことは、どのみちどこかで野宿の予定だったんでしょう？　いいよね、キール？」

私がそう訊ねるとアリサの喉がこくりと動いた。

「でも、悪いです」

「……食糧は、たくさんありますしね」

静かに控えていたキールが、少しの沈黙の後に言葉を発する。少し乗り気じゃなさそうに見えるけれど、どうしてだろう。

キールの姿を直視した少女の顔は……一気に真っ赤になった。ですよね、うちの子、美少年ですものね！

「そ、いっぱいあるの。私たちじゃ食べられないくらい」

私が目配せするとキールはリュックから、両手で抱えるくらいのサイズの猪肉のブロックやトマトがいくつも入っている大瓶を取り出した。それを見たアリサの目が丸くなる。

「マジックバッグ、はじめて見ました。保存魔法がかかった瓶まで！　お金持ちなんですね」

「はは。そうなのかな」

アリサの言葉に、私は苦笑いで返すしかなかった。

この世界の物の価値はよくわからないけれど、これらはお高いものだったらしい。

見せたのが可愛い女の子だったから、まぁいいかと思えるけれど、悪いおじさんだったりしたら奪いに襲ってくる可能性もあったのかな。今度から気をつけよう。

「じゃ、じゃあ、その……いいですか？」

おずおずと言うアリサに、私は安心させるように微笑んで頷いてみせた。

「キール、野営とご飯の準備をしよう」

「はい、ニーナ様」

私はアリサに座るように勧めると、いつものように食事の準備をはじめる。それをアリサは興味津々という様子で見つめていた。

「キール、キール」

キールを手招きすると、彼はぱっと表情を明るくして尻尾を振りながら近づいてくる。くっ、可愛いか！

「なんでしょう、ニーナ様！」

「私、この世界の常識非常識がよくわからないのだけど。炊飯器は魔法の道具？　みたいな扱いでスルーしてもらえると思う？」

「王都の新しい発明ですと言えば、通る範囲だと思いますよ。実際、技術は王都にばかり集約しているので、王都の外に住む民には真偽は測れないでしょう」

……うわぁ。この国の美味しいところはぜんぶ王都に詰まってるのか。

なんだか、すごくろくでもないことを聞いてしまった気がする。

私はささくれ立った心を慰めるために、キールの尻尾を少しもふもふしてから、ご飯の準備へと戻った。キールのもふもふは気持ちよくて癒されるなぁ……。もふもふしている間、キールが頬を赤くしながら見つめてくるのが玉に瑕だけれど。私がなんだかいけないことをしてるみたいじゃない！

「さて。混ぜご飯を作るとして。マロコ茸と猪肉だけだと少し寂しいかなぁ。キール、なにか他にある？」

「そうですね。パモリカなんてありますけど」

キールはそう言うとまんまパプリカな見た目の赤の野菜を取り出した。おお、これは入れると美味しそう！　一緒に炒めるよりも、石の上で焼き色をつける程度にして、後から入れた方がジューシーで美味しいかも。ピーマンもそうだけれど、炒めすぎると食感が死ぬイメージがあるしなぁ……

「あ、あの。よければこれも……」

パモリカを見ながらうんうんと悩んでいる私に、アリサがおずおずと山菜を差し出してくる。だけど、これって。

「でも、貴女が一生懸命採取したものでしょ？　悪いよ」

「ですけど、少しはお礼になればと……」

アリサはそう言って大きな瞳で私を見つめた。うう、健気だなぁ。

「じゃあ、アク抜きが必要ないヤツだけ、ちょっともらってもいい?」

「では、ノメルを」

そう言ってアリサが差し出したのは、細いアスパラのような山菜だった。爽やかな緑が見るからに美味しそうである。

「このまま切って炒めるだけで食べられますので」

「わぁ!　ありがとう!」

これで混ぜご飯は豪華になりそうだ。

隣ではキールが粛々(しゅくしゅく)と食事の準備を進めている。昨日言っていた、猪肉のスープを作っているらしい。

「アリサ。私とキールはハーミア村を目指しているの。ご飯を食べながらでも、よければ村の話を聞かせて?」

私の言葉を聞いたアリサは一瞬躊躇をしたけれど、こくりと頷いた。

12皿目　みんなで楽しくお料理タイム

「さて」

地面に布を敷いて、その上に材料を広げる。

美しい色の猪肉、大きく美味しそうなマロコ茸、愛らしい色のパモリカ、綺麗な緑のノメル。

この食材を生かすも殺すも私にかかっているのだ。

……うん、いけるいける。

私に料理の経験は少ないけれど、味をシンプルにしたらきっと失敗しない。

凝ったことをしようとするから失敗するのだ。

味付けは塩と胡椒、それだけ。それを守っていれば妙なことにはならない。

まずは忘れてはならない炊飯器のスイッチを入れ、私はキールから借りたナイフを手にした。

包丁はキールが使ってるからね。私は野菜やお肉をちょちょっと切るだけなので、これでじゅうぶんだ。

キールが時折、こちらに不安げな視線を投げる。大丈夫、大丈夫だから！　料理の頻度は低かったとはいえ、一応一人暮らしだったんだから！　切って焼くとちょっと煮るくらいなら問題ない……はず。

猪肉に刃を通すとそれは驚くほどにするりと切れる。いいナイフなんだなぁ。コロコロの食感にしたいから、わざとちょっと大きめに切ろう。

いい感じのコロコロにお肉が切れたことに満足した私は、野菜も次々に切っていく。よーし、いいぞ。ちょっとサイズがバラバラな気がするけれど、ちゃんと切れた！

キールをちらりと見るとなんだか微笑ましげな表情になってるから、たぶんセーフだ。

「ニーナさん、これでいいですか？」

お肉を炒めるのにちょうどよさそうなサイズの石を転がしながら、アリサが側にやってくる。あんなにふらふらしていたのに、手伝うと言ってきかないのだ。

「うん、ありがとう。その石を魔法で熱したりはできる？」

「私、簡単な光魔法を少し使えるだけなので」

「じゃあ、キールに石を温めてもらって」

私がそう言うとアリサはコクコクと頷いて、キールに声をかけに行った。

アリサの服から見える手首や脛（すね）は、本当に痛々しいくらいに細い。

ハーミア村はきっと貧しい村なのだ。……もしかしなくてもそれは、『神気』の濁りが関係しているのだろう。

お隣さんの姿を思い浮かべる。あの子が定期の巡礼を開始したらハーミア村の神気もいずれは清浄となり、この子もふつうに食べられるようになるんだろうか。

……ハーミア村の濁った神気だけでも。私が先に浄化したりはできるのかな。

私はぶんぶんと頭を振ってその思考を追い払い、キールが熱してくれた石と向き合うと猪の脂を置いた。

そもそも方法も知らないし、そんなことをすれば、私が『聖女』であることがバレるかもしれない。

そして私がしなくても、お隣さんがいる。

お隣さんが巡礼をはじめれば……少し時間はかかるだろうけど、ハーミア村もアリサも救われる。だから同情とか衝動で私が関わるべきじゃないんだ。私を隠そうと努めてくれている、キールにも迷惑がかかるし。

お隣さんは国に大切に保護されながら、悠々と巡礼の旅を行うのだろう。

そしてこの国の濁った神気を浄化して……あの可愛らしい顔で誇らしげに笑うのだ。

――異世界に捨てられた、私という女がいたことすらも忘れて。

キールが見つけてくれたからよかったけれど、死んでた可能性もあるよね……。

コロコロに切られた猪肉を先に石に置いて、しばらく火を通す。するとお肉のいい香りが周囲に漂い、私とアリサのお腹はぐうと鳴った。続けてマロコ茸、そしてノメルを投下。それを塩胡椒であくまで軽めに味付けをしつつ大きな木のスプーンで炒めている間に、アリサに別の石でパモリカを軽く表面だけ焼くことをお願いした。

キールの方からもいい香りが漂っていて、口の中にはどんどん唾が溜まる。ちらりと見ると、彼はお鍋をかき混ぜている。いいトマトの香り……！　トマトベースのお肉のスープなんて絶対に美味しいヤツだ！

「ふぁ～お腹すいたぁ」

思わず声を漏らすと、キールとアリサに笑われた。

「ニーナ様。もうすぐこちらはできますから」

「私も、あとはご飯と混ぜるだけ」

「すごいですね、王都にはこんなマジックアイテムが……」

しゅんしゅんと蒸気を立てご飯を炊いている炊飯器を見つめながら、アリサが感嘆の声を漏らす。

「とある研究所の試作品なので、まだ市場には出回っていませんけどね。これからも出回らない可能性もあります」

キールはそんな嘘をさらりと言いながら、小皿に赤い色のスープを注いでこちらに渡した。

「お味見を」

「やったぁ！」

ふへへ、と笑みを漏らしながらスープを飲もうとすると、横からアリサの強烈な視線が突き刺さる。うん、子どもを差し置いてスープに飛びつこうとした意地汚い自分が情けない。

……私が聖女なんて、やっぱりなにかの間違いなんじゃないかなぁ。


「はい、どうぞ」

小皿を渡すとアリサは少しだけ躊躇した後に、お礼を言ってスープを口にした。

そして目を丸くし、興奮したように頬を赤くして私を見る。

気持ちはわかるよー。朝にキールのサンドイッチを食べた時、私もそんな顔になったから。

「お味に問題はないようですね」

キールがそんな私たちを眺めながら、楽しそうに笑う。

「あーお腹すいた‼　ご飯、早く炊けないかなぁ！」

そう私が叫んだのと同時に、炊飯器が『ピーッ』と炊きあがりの合図を鳴らした。

パモリカ（バラ科）。野菜と思われがちだが、実はバラの仲間である。
色鮮やかな花弁部分は可食。オレンジ、赤、黄色、ピンクなど様々な色があるため
食卓の彩りによく利用される。

炊飯器を開けると、今日もふくふくといい香りを立てながら、お米が炊きあがっていた。うむ、いい炊きあがり！

アリサが興味津々に炊飯器の中を覗き込む。私はキールからスプーンをもらうと、アリサの口にお米を一口押し込んだ。

「もちもちしてる！　えっ、これ、お米なんですか⁉」

アリサははふはふとお米を口の中で転がしながら、驚いた表情をこちらに向ける。

「私の故郷のお米だから、この国のお米とは食感が違うんだよ。美味しい？」

「美味しいです！　とっても！」

「そう言ってもらえると誇らしい気持ちになるなぁ」

へへへ、とちょっと気持ち悪い照れ笑いを漏らしながら、私は炊飯器に具材を投入した。

そしてキールから借りた木べらを使って、ご飯と具材を混ぜ合わせる。

……こんなものがあるんなら、しゃもじ代わりに借りておけばよかったな。今まで『死ぬほど熱いな⁉』と思いながら、炊飯器に直接手を突っ込んで素手でお米を掬ってたわ。というかよく考えたら、スプーンでも掬えたのでは⁉

キールも特にツッコミを入れなかったし、気づかなかった。それどころか神妙な顔をしながら、私を真似て同じようにおにぎりを作っていたから、彼も疑問にすら思ってなかったのだろう。

……ツッコミが不在というのは、恐ろしいことだ。

「混ぜちゃうんですね」

「そ、混ぜちゃうの。そして……握る！」

「握る⁉」

もともと混ぜご飯のおにぎりにするつもりだったのもあるけれど、単純に器が足りない。

キールが買ってくれたのは、コップ二つと、大皿一枚。そして中サイズのお皿四枚だ。あとは小皿とか。二人だとこれでなんでも足りるけれど、三人だとそうもいかない。そういう時にもおにぎりって便利だよね。たくさん握って大皿に並べて、さぁ勝手に召し上がれ！　ができるから。

「はい、ニーナ様」

手慣れた調子でキールがお水とお塩を手渡してくる。ついでに水魔法で手を洗わせてもらってから、私はおにぎりの作成に入った。

……今日はちゃんと木べらでお米を掬って、別の容器でぽふぽふと軽く回して冷ました後に握る。

「……いつも容器から素手で掬っていたのは、そういう様式ではなかったのですね」

キールが私の様子を見ながら目を丸くした。

「……キール。あのね、疑問を持ったら、ちゃんと突っ込んで欲しいの」

「その……そういう様式の料理なら、お邪魔をしてはダメだと思っていたもので」

炊き立てのご飯はとても熱いし、できれば突っ込んで欲しかった。

キールは熱いとも言わずに平然と握っていたから、聖獣は炊きたてご飯の温度くらいは平気なのだろう。

「今まで……気づかなかっただなんて。僕は従者失格です」

美少年に憂いを帯びた表情で言われると、たかだかおにぎりの話がとても大変なことに聞こえる。おにぎりを握った後の手はいつもキールが水魔法で冷やしてくれてたから、別にいいんだけどね。うん。今までやけどもしなかったし。

スープを作り終えたキールも隣に並んで握りはじめる。それを見たアリサも、慌てて見様見真似で手伝ってくれた。……いい子だなぁ。

キールが作った綺麗なおにぎり、私の作ったそれなりのおにぎり、アリサが作ったちょっと不格好なおにぎりがお皿に並ぶ。

そんな光景は少しだけ、実家の食卓を思い出させた。

……弟が作るおにぎり、本当に形が汚かったんだよなぁ。文句を言いながら食べてはいたけど。今となっては、あの硬いおにぎりが妙に恋しい。

「さてさて、準備をしますね」

キールはそう言いながら地面に大きな布を広げた。そして私とアリサに、その上に座るように促す。キールは混ぜご飯のおにぎりの大皿を真ん中に置き、スープを盛ったお皿をそれぞれの前に置いた。

「美味しそう……！」

トマトベースのスープは、見た目から食欲をそそる。

「猪肉と玉ねぎとマロコ茸を、トマトと赤ワインで煮込んだスープです。風味づけに少しハーブも入れています」

「ふぁー絶対に美味しいヤツ！　そしてお酒に合うヤツ！」

「……スープに使った、ワインの残りがありますが？」

「飲むぅ！」

私が叫ぶとキールはコップにワインを注いでくれる。そして手渡す時に耳元で「酔っても、僕がテントまで運びますので」と囁き離れていった。

ぐっ、そんなことにはならないはずだ！

ブラック企業の飲み会で部長に延々とビールや日本酒を勧められても酔い潰れなかった、ブラック戦士を舐めてはいけない。

そういえば、楽しいお酒って久しぶりに飲むかもなぁ。

ブラックな付き合いか、家でストレス解消にスト◯ングゼ◯を煽るか。近頃はそんな飲酒しかしていなかったから。

……今考えると、よく肝臓を壊さなかったなぁ。

「ふふ、ニーナさんの料理も美味しそうです」

アリサがおにぎりを興味津々といった様子で見つめる。

「シンプルに味付けしたから、失敗ってことはないと思うんだよね。素材がそもそも美味しいし。まぁ、食べて食べて」

私はそう言いながらおにぎりを手に取った。

白米の絨毯に、猪肉、赤いパモリカ、緑色のノメル、仄かな茶色のマロコ茸が咲いている。なかなかいい見た目になったとほくそ笑みながら、私はそれを口にした。

「ふ……ぁっ」

マロコ茸の香りがふわりと鼻を抜ける。続けてシャキリとしたノメルの歯ごたえ、パモリカの甘く爽やかな風味が口中に広がる。そしてシンプルな塩味が引き立てる、猪肉の旨み。それを白米の優しい味がまろやかに一体化させていく。

……これは、犯罪的な美味さだ。

混ぜご飯は神が遣わした至高の食べ物なのかもしれない。

「お、おいしっ！」

隣でアリサもおにぎりで頬を膨らませながら、感嘆の声を上げている。お口に合ったのなら、いっぱいあるから好きなだけ食べて欲しい。

次にキールのスープを口に運ぶ。するとトマトベースの濃厚な味が味覚に押し寄せた。猪肉を食むと、おにぎりに入っている肉とは異なる、柔らかな食感を伝えながら口の中で解けていく。きっと筋切りなどを丁寧にしているのだろう。

私は無言でスープを数口食べると、赤ワインを口にした。キールが魔法で冷やしてくれたのか、ひやりとしたワインが喉を熱しながら通り抜けていく。

トマトベースのスープと、赤ワインが合わないわけがない。

「はぁ……控えめに言って最高！」

ご飯が美味しい！　お酒が美味しい！

パワハラ、セクハラされながら飲むものでもない！

あんの部長。妻帯者のくせにちょっと若い女だからって、絶対にお持ち帰りを狙ってた。

自意識過剰だと思われそうで思考の奥底に沈めていたけど、たぶんそう。

だから会社の飲みでは酔い潰れそうになっても、私は踏ん張っていたのだ。

……こんなに気を張らずに、人と飲むなんていつぶりだろう。もしかして大学の時以来？

美味しいご飯と楽しいお酒。最高に美味しいです！

「ニーナ様。蜂蜜酒もありますが」

「飲むぅ！」

キールがリュックから取り出した大瓶を見て、私は喝采を上げた。

14皿目　酔っぱらいと語らいの場

「キールさんとニーナさんは、隣国に行くところなんですね」

「そうなの」

　私はアリサに自分たちのことを話した。

　私は異国の者でこの国には所用で少しだけ滞在しているのだとか、大街道を通っていないのはキールの親戚の家に寄るからだとか、キールは私の従者であるとか。嘘と本当をまぜこぜにした話を、アリサにしたのだ。これはキールに人に会った時に自分のことをどう説明したらいいのかと相談して、事前に用意していた。

　ぜんぶ本当のことを言うわけにもいかない。けれど嘘をつくのは罪悪感が募る。

　心に生まれた罪悪感を隠すように、何杯も蜂蜜酒を煽る。意外に度数が高いのか、それは喉と思考をくらりと焼いた。

「それじゃあ、アリサの村の話を聞かせてもらおうかにゃあ」

　私はふにゃふにゃとしながらアリサに話を振った。大丈夫、私は冷静だ。ちょっとお酒で陽気になっているだけで。

「ニーナ様、こっち」

キールが手招きをする。ふらふらとそちらへ向かうと、無言でお膝に乗せられてしまった。

「……きーう？」

「……可愛い。ダメですね、人前で飲ませたら」

「きーう、お腹。ぎゅうってされると苦しい」

「ごめんなさい、ニーナ様。はい、お水」

キールは私の口元に、水の入ったコップを持ってくる。一口飲んだそれは、キンとよく冷えていた。

「キール、もっと」

「どうぞ、ニーナ様」

上手く飲んだつもりだったけれど、水はだらりと口元から零れてしまう。

「ああ、零れてる」

すると水を拭うように、キールにお顔をぺろぺろと舐められた。くすぐったいけど、気持ちいいからまぁいいか。アリサに視線を向けると、なぜか顔を真っ赤にして俯いている。

……頬を赤くしているアリサをじっと眺めて、私は気づいた。

アリサの肌艶が、なんだかとてもよくなってる？

ご飯をしっかり食べたからかな。やっぱりお米の力ってすごい。

「えっと村の話ですよね」

アリサは微苦笑を浮かべながら、キールがいつの間にか手渡していたらしいお茶をこくりと飲んだ。

「そうそう、村の話！　どんな感じの村？」

身を乗り出すと、ふにゃりと体の力が抜けてキールの腕からすり抜けそうになる。そんな私をキールは慌てて支え、お姫様抱っこの状態に膝の上で抱き直した。……つまりは、しっかりと固定された。この体勢だとアリサの方を見るのに首を傾けなきゃいけないから、ちょっとお話がしにくいんだけどなぁ。

「その、ハーミア村はもともと豊かな村ではないのですが、ここ最近はひどい不作に悩まされていて、なおさら貧しい有様で……宿泊施設も機能していないので、旅人さんにはおそらくご不便をかけるかと」

「それって、神気が濁ってるから……」

アリサの様子を見ていて、想像はついていたけれど……。

「ニーナさん、それは禁句です！」

アリサが慌てた表情になり私の言葉を止める。

わけがわからずキールを見つめると、アリサの言葉を補足してくれた。

「ニーナ様はこのあたりのご出身ではありませんから、ご存じないですよね。この国では神気の濁りに関することを口にすると厳罰に処されるのです」

キールの言葉を聞いてアリサはさらに困った顔をする。

なるほど。

『この不作は神気の濁りが原因だ』と口にすることは『王家の心根が腐ってる』って口にするのと同義だもんなぁ。不敬罪で御用ってわけだ。自分たちのせいなのに、なんとも横暴である。

「まぁ、村の不作は十中八九神気の濁りが原因でしょう。ですが僕ら民草にはどうすることもできません。聖女様が降臨するか、清らかな王が即位するか。選択肢はその二つだけです」

――暗に『なにもするな』と釘を刺されてしまった気がする。

お隣さんの存在は、世間にいつ公表されるのだろうなぁ。

「……王弟殿下が、いらっしゃれば」

木のコップを手の先が白くなるような力で握りしめながら、アリサが小さく漏らした。

「おーていでんか?」

「あ……現王の弟君のファルコ様のことです。一年前に出奔されましたが」

アリサはそう言うと視線をさまよわせた。

なるほど。漢字にすると『王弟殿下』か。日本では日常的に使う言葉ではないから、いまいち脳みそに浸透しない。酔っているせいかもしれないけれど。

「まだお若いのですが、現王と違い、賢くまっすぐな心根の方だったそうで。だから暗殺されそうになり、逃げる羽目になった……と聞きましたね」

キールが私の顎を指先で撫でながら言う。

うっわ、そんなことがあったんだ。そしてキールはなんでも知ってるなぁ。さすが聖女の不足を補う存在だ。

実の弟を暗殺しようとするなんて……本当に血なまぐさい。そんな王が即位したから、この国の神気は濁っているのだろう。

私は眉を顰めながらちびりと蜂蜜酒を啜った。美味しい、もっと欲しい。

よいしょと手を伸ばし蜂蜜酒の瓶を手に取って、コップの中にどばどばと入れる。するとキールの視線がこちらを向いた。

「ニーナ様、飲みすぎですよ」

キールは困った顔をして、蜂蜜酒の入ったコップを私の手から取り上げる。

な、なんてことをするんだ！　社畜にとっての命の水が！

「やぁ～！　飲むぅ！」

「明日も旅がありますから。駄々をこねるニーナ様も可愛らしいですが、ダメですよ」

よしよしと撫でられながら優しい声でしばらくあやされて、私はようやく蜂蜜酒を諦めた。

久しぶりに楽しいお酒だったのになぁ……。

「キールさん、その、不敬なことは口にしない方が……」

アリサが震えながら言葉を発する。キールはそれを一瞥して、意地の悪い笑みを浮かべた。

「健気ですね。三日もご飯が食べられないのも、こんなところまで幼い貴女が食糧の確保に来なければならないのも。ぜんぶ王家のせいでしょうに」

「だ、誰かに聞かれたら首を刎ねられます！」

「王家の陰口を叩いていない国民なんていませんよ。いちいち首を刎ねていたら、全員いなくなってしまう」

　キールはそう言ってくくっと低い笑い声を漏らした。

　うちの聖獣のお口が……なんだか悪い。

　これは自惚れじゃなければ、私が理由だよね。私を捨てた王家を、私を守るために生まれた聖獣が好きなわけがない。

「アリサさんも不満があるからこそ、王弟殿下のことを口にしたのでしょう？　それも禁忌のはずだ」

「それは……」

　アリサは暗い顔をして、顔を伏せてしまった。

　三日もご飯が食べられず、こんなところまで食べ物を探しに来る生活。それを強いている原因に、好感なんて持てなくて当然だ。

　むしろ十くらいにしか見えないこの子が、綺麗に不満を抑え込んでいることに私は感心する。

　……大人びなければ、生きていけないくらい。彼女の世界は過酷なんだろうか。

「うーん」

私はキールに抱きかかえられたままで、腕組みをした。

……この子に声をかけるべきではなかったのかもしれないなぁ。

だってもう。こんなにも、情が湧いてしまっている。

「キール、女の子をいじめない」

「……ニーナ様」

少し叱るように言うと、キールは悲しそうに眉尻を下げた。

手を伸ばすと撫でられることを期待してか、頭がこちらに下がってくる。だけど私はその綺麗な額に強くデコピンをした。

「ニーナ様っ」

キールの瞳がみるみるうちに潤んでいく。私に叱られただけのことで、その瞳には深い絶望が宿っている。お耳もすっかりぺしょりと下がり、尻尾は力なく垂れ下がっていた。

「いじめない、いい？　アリサに謝って」

「……はい。ごめんなさい」

キールはアリサに向き直ると、ぺこりと頭を下げた。アリサは気にしていないというようにぶんぶんと首を横に振る。キールがあまりにしょんぼりしているものだから、手を伸ばして今度はちゃんと頭を撫でてあげる。

するとは彼は――本当に嬉しそうに笑った。

この子は私のすることで、一喜一憂してばかりだ。

私はこの世界にキールしか寄る辺がない。だけど、もしかするとキールも、それは同じことなのかもしれない。対である聖女という存在にしか寄る辺のない……そんな存在なのかも。

「アリサ、お腹いっぱいになった？」

「は、はい！」

私が訊ねるとアリサは何度も頷いた。

彼女の手元の食器はすっかり空になっている。よかった、変な遠慮をせずに、ちゃんと食べたみたいで。

お水をちびちび飲んでいたら、酔いも少しずつ抜けてくる。チェイサーって大事だなぁ。

「今日は一緒のテントで寝て、明日は一緒に村に向かわない？　朝ご飯もごちそうするから」

「そんな、悪いです！」

恐縮したように言うアリサに、私は笑ってみせた。

「悪くないよ、これもなにかの縁だし。ご飯は二人分も三人分も作る量はそんなに変わらないから。私はもうちょっとキールと話をしたいから、先にテントで寝てて？」

キールに目配せをすると、彼はそそくさとテントを広げる。そして敷布や毛布を敷いたりと、寝床の準備も手早く整えた。

アリサはまたしばらく遠慮をしていたけれど、粘り強く説得するとふかふかのお布団にようやく転がってくれる。そして少しの間の後に……小さな寝息が聞こえてきた。

「キール、アリサを起こさないように私たちの声だけ遮断できる？」

「ええ。もちろん」

空気が重くなったり……などの変化は特にしなかったけれど、キールのことだからぬかりなくやってくれているのだろう。

私はキールと向かい合うと、真剣な面持ちを作った。私がなにを言い出すか予想しているのだろう。キールは少し渋い顔をした。

「キール、私はこの国を救いたいとは思ってない。だけど……袖すり合った縁のあの子の窮状を放っておくのも嫌」

「……ニーナ様」

私の言葉を聞いて、キールは悲しそうな顔になる。

そうだよね、これは完全に私のワガママだ。

「私、ハーミア村を助けてあげられる？」

「知りません」

キールはそう言うと私から目を逸らす。……絶対知ってるな？　助ける方法があるんだな？

「キール」

「知りません」

「キールぅううう！」

シャツの胸元を掴んでカクカクと揺さぶっても、キールはツンと顔を逸らしてしまう。

負けずにじっと見つめると、金色の瞳が気まずそうにちらりとこちらに向いて、また逸らされた。

「キール、お願い！」

懇願すると、キールは根負けしたように大きく息を吐く。

そしてゆっくりと口を開いた。

「三日ほど村にご滞在を。そして村を離れる際には、持ち物をどこかに埋めてください。それが濁りを寄せ付けない結界になります。ニーナ様の強い神気でしたら、それでこのあたり一帯の神気の清浄が数年は保たれるはずです」

「それ、だけ？」

キールの言葉に私は拍子抜けしてしまう。

三泊して、物を埋めるだけって。かなり簡単なお仕事に思える。

それに……。

「聖女の巡礼は一年に一回……それで数年大丈夫なら、計算が合わなくない？」

「巡礼の日数が増えると、そのぶん民や地主からのお布施も多くなりますからね」

「聖女の巡礼って有料なの!?」

「あくまでお布施。民が勝手にやることです。しかし、お布施の額によって聖女の滞在期間が延びたりもするようですね。聖女の滞在が長ければ長いほど、土地の得る恩恵も大きいとか……そういう噂です」

そう言ってキールはにこりと笑った。

その『お布施』ってきっと……王家に入るんだよね。歴代の聖女はそれを知ってたのかな。なんだか上手いことを言って丸め込まれてたとか？

――聖女って、なんだか思ったよりも闇が深いぞ。

「そう言えば……アリサみたいな小さな子まで、神気の濁りのことをどうして知ってるの？そういう事情は漏らさずに『王家が聖女を喚んで、国の危機を助けました』って体にした方が求心力は確実に上がるのに」

疑問に思ったことを口にしてみる。するとキールの口元が意地悪な笑みを刻んだ。

「聖女は『教会』のものだと、女神教――ニーナ様に加護を与えた神の信徒たちですね――が王家と争っていた時期がありまして。王家の求心力を削ぐために、教会側が喧伝したんですよ。『王が腐っているから、神気が濁っているのだ』と」

「そんなことをして、その人たちって罰せられなかったの？」

「女神教は古くからの国教ですからね。王家も手を出しづらいのです。女神教を恐れているのではなく、万が一、女神の怒りを買うことを恐れてですが」

なるほど。『聖女』という存在を介して女神の存在は確定的なのだから、それを信仰する団体には手を出しづらいだろう。

「……その女神教ってクリーンな教団なのかな？」

「いいえ、まったく」

キールはきっぱりとそう答えた。キールの口調から察するに、『女神教』も王家と似たりよったりのもののようだ。……『聖女』を巡った利権争いの際に、『神気の濁り』に関する裏事情の漏洩があったと、要はそういう話なのか。

――聖女って、やっぱり思ったよりも闇が深いぞ。

「ニーナ様……」

キールの手がそっと頬に伸びた。その手が何度か頬を撫でた後に、今度は髪を撫でる。

そうされながら真剣な表情で見つめられると、なんだか落ち着かない。キールは自分の容姿が妙齢の女にどんな感情を起こさせるのか、もっと自覚した方がいいと思う。

「貴女の存在は強い神気を帯びている。清浄な土地ならばそれも目立ちませんが不浄の土地にいる時は、真っ暗な夜の闇でただ一つ光る灯りのように目立ちます。だから本当は一箇所にはなるべく留めず、賢王が治めているという隣国へ連れ出してしまいたいのです」

そう言って長い睫毛を伏せるキールは、とても悲しげだ。

……私がいると自然に土地が浄化される。

そんな存在は、不浄な土地に留まれば留まるほどに目立つだろう。

だからキールが早くこの国から私を逃したいと言う気持ちも、痛いくらいにわかるのだ。

だけど……テントの中で今小さな寝息を立てているあの子を。私は放ってはおけない。

いずれお隣さんが、この土地も浄化するのだろう。

それはわかっているけれど、それを待っている間、アリサが無事でいられる保証はない。

「ごめんね、キール」

眉尻を下げながら謝ると、ぎゅっと強く抱きしめられた。

意外にしっかりした力強い体の感触。それはドキドキと心臓を跳ね上げる。

「……こうなったからには。守ります、僕はそのためにいる」

真剣な声音と熱い吐息が耳朶を打つ。

これはダメだ。バカな私が勘違いをする前に、離して欲しいんだけど！

だって今まで彼氏なんていなかったし。かっこいい男の子に『守る』なんて言われて抱きしめられたら、かかか勘違いしそうになるから！

キールのこれはただの『使命』的なものなのだ。そこを勘違いしてはいけない！

「キール！　キール！　離して！」

「ニーナ様？」

腕の中でじたばたしていると、キールはきょとりと可愛く首を傾げた。

ああもう、無垢な表情をして！　私ばっかり、考えていることがなんだか不埒だ。

「僕に触れられるのは、嫌ですか？」

「……嫌じゃ、ないけど」

「じゃあもうちょっとだけ。……こうしてると、ニーナ様が無事でいるんだなぁって。安心するので」

……そんなことを言われたら、これ以上暴れられるわけがない。

私は真っ赤になりながら、キールに抱きしめられるままになった。

周囲の空気は少し肌寒いけれど、キールの腕の中は暖かい。胸に頬を擦り寄せると、優しい手つきで頭を撫でられた。

……この、包容力系美少年め。

「そういえば、キール」

「なんですか?」

「村とかの人がたくさんいるところに行くの、私はじめてじゃない」

王都にも一瞬いたけれど、すぐ追い出されたし。

「そうですね、ニーナ様」

「だからこの世界の、常識や非常識を知っておきたいなって。気をつけた方がいいことってある?」

「ふむ……」

キールは少し考える仕草をみせる。そして口を開いた。

「ある程度は『異国から来た』で通るとは思います。ニーナ様の見た目は、東の民の特徴に近いですし。気をつけるのは……魔法に関してですね。これは僕も、ですが」

この世界には火・水・土・風・光・闇……という魔法の属性があるとキールは説明してくれ

た。そして私は『どの魔法も使えない』らしい。

それはこの世界ではとても異質なことで、それだけで警戒や迫害の元になりかねないそうだ。なんということだ、魔法を使ってみたかったのに。

そしてキールは……私とは逆に『全属性の魔法』が使えるとのこと。

これもこの世界では異常なんだそう。常人は二、三種類の魔法までしか使えないのだ。

「厳密に言うと、聖女はこの世のものではない『魔法』を使っているのに等しいのですが。それこそバレたらいけませんしね」

「じゃあどの魔法を使えるの？　みたいな話になったら、どうすればいいんだろう」

「こちらを」

そっと私の右手を取ると、キールは中指に口づけをした。

柔らかな唇の感触に私は激しく動揺してしまう。

触れられた中指がぽわりと光り、銀色の指輪が現れたことで私はさらに動揺した。

「この指輪には、僕の力の一部が込められています。念じれば僕がふだん使っている火や水の生活魔法の類は使えるかと。手練が見れば、発動体が指輪であると気づかれる可能性もありますが……」

キールは言葉を切ってにこりと笑った。

「そんな手練は小さな村にはいないでしょうし。いたとしても、僕がどうにかします」

……キールさん、その『どうにか』って物理的なことじゃないよね⁉

17皿目　聖獣の緑の瞳

話を終えたキールと私はテントへと戻った。

中ではアリサが、すやすやと安らかな寝息を立てて眠っている。

「うーん……」

アリサの肌艶が、どう見ても良くなっているような。

起こさないように頬をぷにりと突くと、それは健康的な弾力を返した。

骸骨に皮が張り付いたようだった手足も、なんだか肉付きがよくなっている気がする。

「キール、アリサの肌艶。よくなってない？」

私が問いかけると、キールは少し困った顔になって沈黙を返す。キールがこういう顔をしている時は、『なにか知っているけれど話したくない』時だ。それくらいは、この短い付き合いでもわかるようになった。

狭いテントで押し問答をしてアリサを起こしたくないし、今度聞けばいいか。

毛布に包まりポンポンと隣を叩くと、キールが子犬に変じる。目の前で人間が動物になるなんて、なんだか不思議だ。どういう原理かはわからないけれど服が脱げるなんてこともなく、シームレスに変化していくその様子を、私はマジマジと見つめた。

完全に子犬の姿に変じたキールはトコトコとこちらにやって来ると、私の隣に寝転がった。

「来て、寒いから」

囁くと彼は返事の代わりのようにピクッと耳を震わせてから、私の毛布に入ってきた。抱きしめたキールの体は、繊細な感触の被毛に包まれていて気持ちいい。ふわふわで温かなそれに頬を擦り寄せながら、私は眠りについた。


翌朝。

私はキールにお願いして、髪にリボンを結んでもらっていた。

旅に必要なものを埋めていくわけにもいかないので、自分の『持ち物』を即興で作っているのだ。なぜリボンが持ち物にあったかというと『ニーナ様に似合いそうだったので』というスパダリな理由で王都でキールが買っていたらしい。

……なんなの、ずるい。キールはいろいろずるい。

そんなリボンを地面に埋めなきゃなんて、本当にもったいないよ。

そうは言っても他に埋める持ち物もないんだけれど。前の世界から持ち込んだ衣類は処分してしまったし。

ちなみにアリサはまだテントで眠っている。相当疲れていたのだろう。その安らかな寝顔を見ていると起こす気にはなれず、私はキールとこっそりテントを出て外にいるわけだ。

「髪を流しているのもお可愛らしかったですが、後ろで結わえているのもお似合いですね」

そして髪を結びながらこんなことを平気で言うんだ！　この美少年は！

「キールの、女たらし」

思わずジト目でそう言うと、きょとんと首を傾げられた。

薄紫色の髪がふわりと揺れて、隠れているもう片方の目がちらりと見える。

「――あ、緑だ」

思わず、そんなつぶやきが漏れた。

キールの隠れている方の瞳は美しい新緑の色。天然のオッドアイだ。この美しい瞳を、キールはなぜか髪で隠している。

金の方の瞳も綺麗だけれど、緑の瞳もとっても綺麗。

上品な色合いの宝石が並んでいるみたいだと、私は思わず見惚れた。

「綺麗な緑。どうしていつも隠してるの？」

そう訊ねると、キールは綺麗な形の眉を下げて困ったように笑う。

「こちらの目は、見えすぎるので」

その不思議な返事に……私は首を傾げた。

「僕の緑の目には人の悪意が見えます。聖女に害をなす存在を見分けるために、こちらの目はあるのです。ただ使うと疲れてしまうので隠しております」

キールの存在は、聖女を守るためにカスタマイズされすぎなんじゃないの。

それで片目での生活なんて不便をかけてるのは、なんだか申し訳ない気持ちになる。

「悪意が見えちゃうなんて、大変だよね。ごめんね、キール」

「いいえ。この目のお陰でニーナ様をお守りできますから」

キールは晴れやかに笑うけれど、本当にそれでいいのかな。

いろいろしてもらいっぱなしは、なんだか嫌だ。

「キール。私にできることがあれば、なんでも言ってね」

「いつまでも健康で幸せでいてください」

「キールは私のお母さんか！　他にないの？」

「では、僕のすることでニーナ様が少しでも喜んでくれると嬉しいです」

「いつも喜んでるよ！　つーか、私のことばっかりじゃない！」

怒ったフリをすると、綺麗な唇を手で隠しながらキールがくすくすと笑う。

本当に、なにか返せることを探さなきゃ……。

「おはようございます」

背後から声がしてそちらを見ると、アリサがテントから這い出してくるのが目に入る。

「おはよう、調子は？」

「それが……なんだか驚くほど体の調子が良くて！」

そう言って自分の体を不思議そうに眺めるアリサは、昨夜と比べて数段健康に見えた。

18皿目　一晩経ったあの子の様子は

「こんなに体が軽いのって、本当に久しぶりです」

アリサは嬉しそうに笑うと、その場でくるくると回る。その様子は、正しく元気ハツラツという感じだ。

いや、これは絶対におかしい！

昨日は骨に張り付いているようだった手足の肉はふくふくと少女らしい健康さをたたえ、青白かった頬は綺麗なピンクに輝いている。落ち窪んでいた眼窩の周囲もふわりと柔らかく肉付き、髪もなんだか艶やかだ。

絶対になにかを知っているだろうキールをちらりと盗み見ると、ふいっと視線を逸らされてしまった。

「たくさんご飯を食べたからですね、きっと」

「きっとそうですね。昨晩のご飯は本当に美味しかったですものね。ありがとうございます！」

ごまかすように発せられたキールの言葉にうんうんと頷いて、アリサは嬉しそうに笑った。

「今朝も美味しいものを食べましょうね」

キールはそう言うと、そそくさと朝ご飯の準備に取り掛かる。……アリサが健康になった理由をそんなに話したくないのか。

「ん？」

――その時、私は思い出した。

前にキールが、私のおにぎりには強い神気が宿ってるって言ってなかったっけ？

「私の、おにぎりか」

つぶやくとキールの尻尾がびくりと跳ねる。そして気まずそうにこちらを見た。どうやら、当たりらしい。

はーん、なるほどな。

アリサと同じく健康状態の悪い人々ばかりだろう貧しい村。そして私の手元には無限にご飯が出てくる炊飯器と、まだまだ残りがある一頭分の猪肉。

……キールは私が『炊き出し』をやりかねないと恐れてるんだ。

私のご飯を食べた人々は、アリサのようにたちまち元気になるのだろう。そんなことをすれば、たしかに目立つ。目立ちすぎる。

これは、心を鬼にして我慢するべきだな……。私がそういうことをした結果、最も迷惑がかかるのはキールだもんね。そんなことになったら、本当に申し訳ない。

私だって聖女とバレたくないし、キールに迷惑もかけたくないのだ。

不要な手出しはせずに、ささっと浄化だけして村を去ろう。

「キールさん、今日はなにを作るんですか？」

アリサがわくわくとしながらキールの手元を見つめている。そんなアリサにキールはニコリと笑って白いものを見せた。た、卵だ！　いつの間に！　しかもバスケットボールくらいある！

「キール、卵なんてあったの？」

「いえ。お二人が寝ている間に、魔獣の巣から拝借してきました。もちろん安全なものですよ。猪肉ばかりでは物足りないでしょう？」

一緒に寝てたのに、キールが寝床を抜け出したことに、ぜんぜん気づいてなかった。

「キール。魔獣って……野生動物が神気の濁りで凶暴化したものだっけ？」

そんなことを、キールが前に教えてくれた気がする。

「そうです、ニーナ様」

私の質問に答えながら、キールは手元の器に卵を割り入れた。すると殻がぐしゃりと厚みを感じる重い音を立てて割れ、拳二つ分くらいの大きさの卵黄が器に落ちた。

張りを感じさせながらぷるりと震える卵黄は、卵の新鮮さを感じさせる。

しかし卵の時点でこんなに大きいって……本体の鳥とやらはどれだけ大きいのだろう。

「これってどんな鳥の卵なの？」

「魔獣化した大鴉のものですね。大体、ニーナ様の二倍くらいの大きさはあります」

「二倍!?」

私は思わず素っ頓狂な声を上げてしまう。

「キールさん、大鴉の巣に行って無事だったんですか？　魔獣化していなくても、とんでもなく大きいのに！」

アリサも上ずった声を上げながらキールを凝視する。

「キール、無茶ばっかりして！」

「アリサさん、ニーナ様、ご心配なく。ちょうど巣の主がいなかったので、この通り無事でしたよ」

そう言いつつ、リュックからジャガイモとともに取り出した立派な鳥肉はなんなのだろう。

私はそれについて、もう突っ込まないことにした。

「ニーナ様、鳥肉を切ってもらっても？　アリサさんは卵をかき混ぜてください」

キールはニコニコとしながら私たちに食材を差し出してくる。

私とアリサはそれを受け取って、それぞれ調理に入った。その間にキールはジャガイモの皮を剥いていく。


鳥肉、卵、ジャガイモ。

これはもしかすると……アレかな！

19皿目 聖獣風トルティージャ

コロコロに切られたジャガイモを、キールは水によくさらし、その間に塩胡椒で卵液に下味を付ける。そして先日も使っていた刻んだ玉ねぎが入っている瓶を取り出した。

「さて」

キールはつぶやくと熱したフライパンに油を引き、鳥肉、ジャガイモ、玉ねぎを炒めはじめた。じゅうじゅうといい音を立てる食材たちは、周囲に食欲をそそる香りを漂わせる。

「キール、フライパンなんてあったんだね」

「ええ。今までは簡単な焼きものだったので使っていなかったのですけど。料理が凝ってくると、さすがに必要ですね」

石焼き、便利だもんなぁ。魔法で熱して魔法で冷ましての、この世界の簡単ホットプレートだ。しかも後片付けいらずだし。

私とアリサは周囲に漂う良い香りを嗅いで、ゴクリと唾を飲む。

「キール、ご飯は炊く？」

「いえ、今朝はパンにしましょう。お昼も僕が作ります」

そっか、これ以上アリサの体に影響が出たら怪しすぎるもんね。現時点でも、昨晩と比べても恐ろしいくらいの変化を起こしているけれど。

キールが握れば、神気の塊みたいなおにぎりにはならないんじゃ？　と思ったけれど。炊飯器自体が神器でキールも聖獣だからなぁ。それに私が手伝わないのも不自然だ。

私はキールの言葉にコクコクと頷いてみせた。

たまにはお米を食べない日があってもいいよね。

アリサに聞いたところ、村には誰も使っていない家があるらしい。旅の疲れを癒したいから、という理由を付けて、私はそこを数日間借りることにした。宿という体を成していないので、たぶん安価で貸してくれるだろうというのはアリサの言葉。

これくらいじゃないかという価格をアリサが教えてくれたけれど、私にはその価値がわからないのでキールに目を向ける。すると首肯されたので適正な価格なのだろう。

そこでだったら私とキールがこっそりお米を炊いていてもバレないはずだ。結界もあるし。

……だけど周囲が困窮している人々ばかりなのに、こそこそと自分だけ腹いっぱいに食べるのってどうなんだろうなぁ。それを考えるとちょっとため息が出る。

私がそんなことを考えている間にキールはフライパンの具材の上に卵液を落とした。そしてしばらくかき混ぜてから、木製の蓋をちょんと乗せる。

……スペイン風オムレツ、スパニッシュオムレツ、トルティージャ！

キールが作っているのは、私の世界ではそう呼ばれる卵料理だろう。

ジャガイモがほくほくして美味しいんだよね。お母さんがたまに作ってくれたなぁ。

ケチャップをかけて食べたいけれど、そういうものはないのかな。

キールはライ麦パンを石の上で軽く炙りながら、今度はマロコ茸を薄切りにして皿に盛り付けた。そういえば、このキノコ、生食でもいけるんだっけ。そして盛り付けたキノコの上に、リュックから取り出したドレッシングらしき液体をとろりとかける。

「キール、それは？」

「調理にいろいろと使える、お酢の調味料ですね」

ぺろりと一口舐めさせてもらうと、ビネガーソースの甘酸っぱい味がした。

絶対にサラダと合うヤツだ！

くるくると小さな音がしたので隣を見ると、アリサが恥ずかしそうにしている。今のはどうやらお腹の音だったらしい。『お腹が空いたよね』なんて声をかけようとした瞬間、今度は私のお腹がぐるるるると可愛くない音を立てた。

……おう、恥ずかしい。腹の音にも女子力の差ってものがあるらしい。

へへへ、とアリサと照れ笑いをしている間にも、キールの調理は進んでいく。

彼は大皿を用意すると、蓋を開けて中の焼け具合を確認する。そして満足そうな顔をすると、フライパンをポン！　と大皿に被せた。

「ふわぁあ……」

フライパンを上げると、中から現れたのはスポンジケーキのような形にふんわりと焼けた、卵の丘。黄色の生地はいかにも食欲をそそり、合間から見えるジャガイモや鳥肉が暴力的なまでに視覚を刺激する。

――キールが作るものは、本当に犯罪的に美味しそう！　視覚と空腹に対しての暴力だ！

トルティージャは切り分けられ、大皿の余白にはパンが添えられた。そして取り皿として中皿が渡される。

「さ、どうぞ」

「いただきます！」

「いただき……？」

にっこり笑って料理を示すキール、手をパン！　と合わせて『いただきます』をする私。アリサが不思議そうに私を見つめる。『いただきます』はこの世界にないものね。

「『いただきます』は私の国の食事の前の挨拶だよ」

「なるほど……では、いただきます！」

アリサも見様見真似で『いただきます』をするとスプーンでトルティージャをお皿によそった。私も続けてお皿によそう。

ほかほかと美味しそうな湯気を立てる黄色の生地にスプーンを入れる。すると、どっしりとしたジャガイモの感触が手に伝わった。

少し息をかけながら冷まし、口の中に入れる。すると絶妙な塩加減のお味が口中に広がった。

「う、うみゃ！」

濃厚でふわふわな食感の卵、ほくほくと崩れる熱々のジャガイモ。そして鳥肉のジューシーな味わい。それが口の中で一体となり、美味しさのハーモニーを奏でる。

目分量で味付けをしていたように見えたけど、どうしてこんなに絶妙な味付けにできるんだろう。キールは天才だ。

「美味しい……」

アリサも隣で口の中で粗熱を取るようにはふはふと息を吐きながら、感嘆の声を漏らす。料理を作ったキール自身は、お茶の準備をしてからようやく自分の食事に取りかかっているようだった。……できた子だ、本当に。申し訳ないくらいに。

「次は……」

私は次にキノコのサラダに照準を合わせた。四センチくらいはあるんじゃないかという大きなキノコを、大きく口を開けて入れる。

「ふぁっ！」

炒めた時とは風味が違う、爽やかな香りが鼻を抜けた。繊維などの抵抗感が薄い上品な食感。ビネガーソースがその少し淡白な風味に味の彩りを添える。

これも……美味しいッ。

「なんだか爽やかな味わいですね」

もくもくとキノコを頬張りながら言うアリサに、私は同意するように何度も頷いた。

「お昼は揚げ鳥でも作りましょうかね。ニーナ様はお好きですか？」

揚げ鳥！　つまりは唐揚げだろうか！

思わずキラキラとした目を向けると、キールに優しげに微笑まれた。


……ママみが強いよ、この聖獣。

cooking 仁菜'sクッキングメモ memo

大鴉。両翼を広げると二メートル弱はあろうかというカラス。

神気が濁っていない土地では温厚な動物なのだが、濁った土地では凶暴化、そして多少巨大化する。

森で木の実を中心に食べているため、その肉は濃厚な味わいを持ちつつも臭みがなく美味。

箸休め　もう一人の聖女の話・その3（心愛視点）

「聖女よ、明日の式典のドレスはこちらでどうだろうか」

ジェミー王子が真っ白なドレスを抱えて部屋へとやってくる。それは襟元が大きく開いた、いわゆるローブデコルテという形になったドレスで……正直言ってデザインは無難である。というかちょっとおばさん臭い。

前世の某国の王族なんかが公式行事の時に髪をきっちりと後ろに上げて着てそうだなぁ、という感想を私は内心漏らす。けれど表向きはニコリと笑って王子に嬉しそうな顔をしてみせた。

「素敵です、王子！　頂いたネックレスにも合いそうですし」

私がそう言うと王子の端整な顔が綻んだ。イケメンというヤツは、毎日見ても飽きないし目の保養になる。

「今日もネックレスは外していないいな」

王子は私の首に手を伸ばすと、ネックレスを指先で弄ぶ。そのくすぐったさに、私は笑いながら少し首を竦めた。

「ええ。これがないと悪いものが寄ってくると、神官様にも言われましたので。お風呂の間も寝ている間も外さないようにしております」

　王子からだけでなく、時折部屋を訪れる神官たちからも、謁見した陛下からも同じことを言われた。だから私はこのネックレスを着けたままで過ごしている。ここは元の世界とは違うのだ。どういう形の危険があるのかは、私には予測なんてつかない。だから首周りでいつもシャラシャラというこれが多少鬱陶しくは思っても、外すようなことは考えてもいなかった。

　部屋を訪れる神官たちは、『女神教』というこの世界の女神とその力を受けた聖女を信仰する宗教団体の高官らしい。神官が来る時には王子が付けてくれた数人の騎士が私の側で待機していて、なんだか物々しい様相になる。

　そのことについて王子に訊ねると『いろいろ事情があってね』と、少し苦々しい笑みを浮かべて言われた。

「神官たちからは聖女は勉強熱心だと聞いている。とても素晴らしいことだな」

　ジェミー王子は私の額に、そっと口づけをする。

「そんな、当然のことです」

　私はそんな王子に照れたフリをしてみせた。

　神官たちには『お勉強だ』と言って過去の聖女の話を聞かされる。

　……それは正直退屈な話で、私はあくびを噛み殺しながら真剣なふうを装っていた。

　聖女の話以外は、巡礼の旅についてのことが多い。

　巡礼の手順自体は単純で三日から一週間ほど土地に滞在し、最後に私の持ち物を地面に埋めるだけだそうだ。それを聞いて私はかなりほっとした。滞在のたびに面倒な儀式などをしなければ……なんてことだったら面倒で気が滅入ってしまうから。

巡礼の期間は三ヶ月だと聞いていたけれど、土地の神気の濁り具合によってはそれ以上の滞在もあるそうだ。結果、全体の期間が延びることもざららしい。

そうなると面倒なんだけどなぁ。さっくりと最短の三ヶ月で帰りたい。

「ネックレスは絶対に外さないように。聖女の身の安全が第一だ。……君になにかあったら、私の心は壊れてしまう」

王子は本当に心配性だ。だけど心配そうに眉尻を下げられると、悪い気はまったくしない。

早く一度目の巡礼とやらを終えて、彼とのんびり過ごしたいものだ。

「ところで……君の聖獣はまだあの調子なのか？」

そう言うとジェミー王子は、ベッドの上で丸まり滾々と眠るシラユキに視線を投げた。

シラユキが人間の姿になったのはあの一回きりで、その後はああやって一日の大半を寝て過ごしている。私だってあの姿をまた見たいのにな……あの、驚くほどに綺麗な少年の姿を。

「聖獣が万全でないと、なにか支障があるのですか？」

「聖獣は聖女の旅を守る守護者だ。神からいろいろな恩恵を受け、その力は人智では計り知れない。その聖獣が本調子ではないとなると少し心配だな」

シラユキが万全である方が、旅は安全だということか。

「聖獣が万全になるまで、旅を遅らせるのはダメなのですか？」

そう訊ねるとジェミー王子は首を左右に振った。

「各地の状況はかなり切羽詰まったことになっている。みんなが聖女の巡礼を待っているのだ。聖獣が万全でないのなら、そのぶん護衛を増やそう」

「でも、それでは危険なのでは」

「大丈夫だ。王国の騎士たちもちゃんと頼りになる。私と彼らを信じてくれ」

……そう言って王子は私をじっと見つめるけれど。

確実な安全性も担保できないのに旅に放り出すのって、結構ひどくない？　しかも私はこの世界を救うＶＩＰなのでしょう？

納得できない部分も多々あるけれど、まぁ仕方ないか。お仕事だもんね。

私はこっそりとため息をつくと、できるだけ渋々に見えないように頷いてみせた。

20皿目 お昼の聖獣風ブリトー

朝食を終えた私たちは、数時間の旅程を消化した後に、雑草が多く生えた細い街道沿いの平原に陣取ってお昼の休憩を取っていた。アリサは知らないことだけれど、今も周囲には結界が張ってある。こうしていれば危険な魔物や野生動物……そして危険な人間たちが寄ってこないのは本当にありがたいことだ。

そんな安全が確保された環境の中、私とアリサは鳥肉を揚げているキールの様子を涎を垂らさんばかりの勢いで見つめていた。

じゅわじゅわと音を立てながら、白い衣には少しずつ綺麗な焼き色が付いていく。

「もう少し待っていてくださいね」

キールはにこにことして言いながら皿に揚げ鳥を積み上げていった。揚げ鳥と聞いて私が想像していたのは唐揚げだったのだけれど、お皿に積まれているのはどちらかというとフライドチキンだ。

たっぷりの油でカラッと揚げられたサクサクの衣は黄金色に輝いており、周囲には食欲をそそるスパイスの香りが漂っている。香りだけで美味しいのが丸わかりだなぁ。キールは本当に料理上手だ。

「キール、これはなにで味付けをしたの？」

「塩、胡椒、ニンニク、蜂蜜、それと辛みがある木の実を粉にしたものを入れています。衣にはナチェス地方原産の小麦粉を。卵は昨日の卵液を少し分けて保存していたので、それを使っております」

「その味付け……絶対に美味しいヤツ！」

……そして、白米が進むヤツだ。

ご飯を炊きたいな～、なんて思ったけれど、キールが『わかってますよね』という表情で横目でこちらを見ていたので、ぐっと我慢をした。

そんなわけで、聖なる炊飯器はキールのリュックにしまわれっぱなしなのだ。

これ以上アリサが健康になったらおかしいもんね。……わかってるけれど熱々の揚げ鳥を前にして、白米が用意できないのは地獄である。

しかし代わりの主食として、小麦粉を水で溶いて薄く伸ばすようにして焼いたクレープをキールが用意してくれた。これに揚げ鳥とキノコを挟んで食べるらしい。

これはこれで、美味しそう。

食感や味を想像しただけで、ごくりと喉が鳴る。

こういうサンドイッチってトルティーヤ、って言うんだっけ？　それともブリトー？

トルティーヤのパンはトウモロコシの粉で、ブリトーは小麦粉だったような気がする。だったらこれはブリトーなのだろう。

「できましたよ、ニーナ様。はい、どうぞ」

キールがキノコと揚げ鳥を薄い生地に巻いてこちらに差し出した。

……キール、これって『あーん』ですよね。

「キール？」

「さ、お口を開けてください」

「キール、私、自分で食べられるよ？」

「……それはわかっておりますが」

しょんぼりと眉尻を下げて、いかにも気落ちしたという様子を見せながら、キールはブリトーをお皿に置いてからこちらに手渡した。

「また今度、お世話をさせてくださいね？」

ふわふわの尻尾をゆるゆると振りながら寂しそうに言うキールを見ていると、なんとも言えない感情が胸にあふれて落ち着かない心地になる。むず痒いというか、居心地が悪いというか。

キールのこういう行為は、どういう感情から生まれてるんだろうなぁ。

恋愛的な好意ではなく、犬猫のような純粋な好意なんだろうとは思うけど……。

「……大人だから、これからもずっと自分で食べるからね？」

「ニーナ様……」

ブリトーを自分で口に運ぼうとする私を悲しげな色を宿す瞳で見つめてから、キールはご主人様に捨てられた子犬のように耳をぺたんと下げた。ぐぬぅ、罪悪感を煽るような真似をしないで！

「キールさんは、ニーナさんのことが大好きな……」

「はい、大好きです」

心なしか生温かさを感じる目のアリサが発した言葉に、キールは食い気味に言葉を被せた。

「僕はニーナ様のために生まれた存在ですから。ニーナ様が僕のすべてです。僕の目も、手も、力もニーナ様のためだけに存在するのです」

「ほ、本当に熱烈ですね」

尻尾をぶんぶんと振りながら上機嫌で言うキールに、アリサがわずかな苦さ含みの笑みを向けた。……キール、やめて。なんだかバカップル的な誤解を受けている気がするから！

「いただきます！」

場の雰囲気を断ち切るように、ことさら大きな声で言ってから、私はブリトーに齧(かじ)りついた。

「は……ふっ」

一口頬張ると、絶妙な具合で揚げられた鳥皮が、ぱりっと小気味のいい音を立てる。そして口中に蜂蜜の優しい甘さとピリ辛のスパイスの味わいが広がった。

――んっ、甘辛くてスパイシー！　これはビールが欲しい味！

……昨夜、お酒で失態を見せてしまったので、しばらく飲むつもりはないけれど。

うん、飲まないよ。絶対……絶対……出されたら飲むかもしれないけれど。

「は、ひんっ」

そんなバカなことを考えていたせいか、ぴゅっと勢いよく鶏肉から飛び出した油に口中を焼かれて私は悲鳴を上げた。

「ああ、ニーナ様！　お水、お水を！」

私の様子を見たキールが慌てた様子で、魔法で出した水をコップに注いでこちらに渡す。

もらった水で口中を冷やしながら涙目になっていると、くすくすとアリサに笑われてしまった。

「アリサ……」

「ごめんなさい、ふふっ。ふっ」

――そんなに笑わなくても。

大人だから、子どもに笑われたくらいで怒る気は当然ないのだけれど、でもやっぱり恥ずかしいなぁ。

「ニーナさんたちは、どれくらい村に滞在されるんですか？」

話を逸らすかのように、アリサがそんなことを口にした。

滞在期間かぁ……。

「んー。長くて一週間、ってとこかなぁ」

村の浄化もするし、不測の事態も考えたらそんなところだろう。なにごともなければ、もっと短い滞在期間になるはずだ。

「じゃあ、村に三人も旅人さんが滞在することになるんですね」

「三人？」

アリサの言葉に私は首を傾げた。

「今……その、とっても素敵な旅人さんが滞在していて」

そう言ってアリサは、白い頬を淡い朱に染めた。

21皿目　村へとたどり着きました

「素敵な旅人さん？」

頬を染めたままコクコクと頷くアリサの様子を見ながら、私は思わず首を傾げた。アリサの村は街道からは外れた裏道にあり、隣国へのルートがあるとはいえ、そうそう旅人が行くような場所ではない。だからこそ、キールがハーミア村を経由する道のりを選んだのだ。

しかもハーミア村は現在宿泊施設も機能しておらず、居心地がいい状態ではない。

――そんな村に、なぜ立ち寄ったのだろう。

私たちのように内密に動く必要がある誰か……だったりして。これは私の考えすぎかな。

「どんな人なの？」

少し興味を惹かれて訊ねてみると、アリサは瞳を輝かせた。これは確実にあれだ。淡い恋心を抱いている人について語る、恋する女の子の顔だ！

そんなアリサを見ていると、自分自身の学生時代の片想いの記憶が思い出されて、微笑ましいなぁという気持ちになる。両想い？　彼氏いない歴二十三年の私に、そんな言葉をぶつけてはいけない。

「ランフォスさんという方で……」

アリサの話によるとランフォスさんは、三十歳くらいの金髪碧眼の美形だそう。アリサ、二十は年上だろう男性にときめくなんて、おませさんだね⁉

彼は王都の貴族家の出身だけれど、次男で家督を継げないため、自分で商売をはじめたいらしい。なので国のいろいろな場所を回って、商売のネタになるものを探しているとのこと。そして今はハーミア村で空き家を借りて、のんびりと村を見学しているそうだ。

「ランフォスさんは、わ、私みたいなのにも優しくて。お手伝いで荒れた手を見ても、頑張ってる証だねって微笑んでくれるんです」

アリサはそう言って、頬に両手を添えて愛らしく赤面した。大丈夫なのかな、その人。なんだかタラシの匂いがする。

それにしても、金髪碧眼の美形ねぇ。私を即座に追い出した王子のことを思い出し、思わず顔を顰めてしまう。

「同じ村に滞在するなら、お会いする機会もあるかもしれませんね」

キールがさして興味も無さそうに、ブリトーをもぐもぐと食べながら相槌を入れる。

キールは私以外の物事には、基本的には興味がないのかもしれない。アリサへの態度も『失礼ではないけれど、親身でもない』というもので一貫されている。

「狭い村ですし、たぶんお会いするんじゃないかなって！」

アリサは嬉しそうに笑うと、かぷりとブリトーに齧りついた。

◇   ◇

お昼休憩を終えて、私たちは旅を再開した。

周囲の風景を観察すると、立ち枯れている草木が散見される。これも神気の濁りのせいなのだろう。

……こんな時でも、王都には富が集まっているのだろうか。

王都の前の街道を行き交う、多くの馬車や旅人たちのことを、私は思い返す。

民衆や地方の貴族はよく黙っているなぁ。どうして反乱が起きないんだろう。

それを疑問に思った私は、キールにこっそりと訊ねてみた。

「聖女召喚が王家の者しかできないからですね。あれは口伝で、王家の嫡子（ちゃくし）にのみ伝えられるものなのです」

キールがあっさりとそう答えてくれて、なるほどと私は納得した。

反乱を起こして王位に就き、神気の濁りが晴れませんでした、そして聖女は喚べません――となると八方塞がりになるものね。清廉潔白なお貴族様ばかりではないだろうし。

なかなか、ままならないものである。

そんなことを話してから、さらに歩みを進めているうちに、周囲は少しずつ日暮れに近づいていく。夜の帳が下りる頃に、私たちは村へとたどり着いたのだった。

村は数十の家で成り立つ集落のようで、こぢんまりとした家々が身を寄せ合っている様子は、日本の限界集落を思わせた。

「ハームさん！」

村に入ると見回りをしていたらしい村人に、アリサが話しかける。体格がいいその男性はアリサと、そして一緒にいる私たちを見て目を丸くした。

「アリサ、帰ったのか。父ちゃんたちが心配してたぞ。なんかお前、ツヤツヤしてんな。そっちは旅人さんか？」

「そう！　ニーナさんとキールさん。とても親切にしてもらったの！」

そんな会話を耳にしながら、私は村の様子をこっそりと観察する。

村を囲う柵の壊れた部分は放置され、牛舎に繋がれた牛たちは痩せ衰えている。畑に生えた作物は半分以上が枯れていて、村が窮状した状況に立たされていることが、見ただけで察せられた。

アリサとハームさんに視線を戻す。そして私はぺこりと頭を下げた。

「仁菜と申します。一週間ほどこの村に滞在したいのですが、大丈夫でしょうか？」

「こんなになにもない村にか？　しかも今は不作で、おもてなしなんてもんはできねぇぞ」

私の言葉を聞いたハームさんが目を丸くする。するとキールが、私とハームさんの間に立った。

「僕はニーナ様の従僕のキールと申します。ニーナ様はか弱き女性なので、ゆったりとした旅程での旅をしておりまして……。生活のことはこちらでなんとかできますので、適当な空き家をお借りできればと」

「んー、それは別に構わねぇけど。あんたらは暴漢やらには見えねぇしな。二ヶ月前に別の街に越したサンソン夫婦の家が空いたままだったよな。アリサ、案内してやってくれねぇか？村長には俺から話を通しとくから」

ハームさんがそう言うとアリサはコクコクと頷く。ハームさんはこの村で、ある程度の決定権を握っている人なんだろうか。

「ありがとうございます。宿泊費は……」

「んーこの状況だし、あると助かるけどよ」

『この状況』と言いながら、ハームさんは壊れた柵を指した。

この世界の物価の相場がよくわからないので、私はキールをちらりと見る。

キールはふさふさの尻尾を揺らしながら、さり気なく髪をかき上げ緑色の方の瞳をハームさんに向けた。そして「ふむ」と小さく声を漏らすと、マジックバッグから小さな革袋を取り出した。

「銀貨が十四枚入っています。一般的な宿の一泊が、一人銀貨一枚ほどだったと思いますが……これで足りますかね？」

「宿みたいなもてなしはできないのに、いいのか？」

ハームさんは革袋の中身を確認すると、目を丸くした。

「構いません。住居さえ確保できれば、後は僕がなんとかできますので。それとこちらは、お近づきの印です」

キールはマジックバッグから猪のブロック一つと酒瓶一本を取り出して、ハームさんに差し出しながらにこりと笑った。

少し立ち話をして判明したのだけれど、ハームさんは村長の息子さんだった。

「明日にでもご挨拶に行きますね」と言ったら「いーよ、いーよ」と手を振られたけれど、小さな共同体での礼儀というのはとても大事である……たぶん。

一週間程度しか滞在しない村とはいえ、心象を良くして、気持ち良く過ごしたい。キールもそれを考えて、お肉とお酒を差し出したのだろう。

その甲斐あって、ハームさんの私たちへの初対面の印象はかなり良さそうだった。

「肉なんかにありつけるのは久しぶりだなぁ！　これだけあったら、近所に分けて回れるな。銀貨もありがてぇ。これで柵を修理して……」

ハームさんはご機嫌だ。

もらった物を自分一人の懐に入れてしまうこともできるのに、ちゃんと分け合うことを考えて喜べるこの人は、いい人だ。人の『悪意』を見抜く、キールの緑の目をパスしただけはある。

……こんなに喜ばれると、おにぎりもあげたくなるのだけれど（無限に湧きますし……）。

おにぎりには聖なる力があるからそうも行かず、もどかしい気持ちだ。

「じゃ、俺は見回りに戻るな。柵が壊れてるから、狼なんかが入りやすくなって心配だしよ」

ハームさんは手を振りながら去って行く。見えていないとわかっていつつも、私はその背中にぺこんと頭を下げた。これは日本人の習慣というものだ。

「ニーナさん。では、ご案内しますね」

アリサはそう言うと、宿となる空き家まで先導してくれた。

私たちが泊まる空き家はこぢんまりとした石造りの平屋で、少し埃っぽくはあるけれど想像よりも快適そうだった。部屋数は二部屋。台所と続きになっているリビングと、寝室である。引っ越しの時に持って行くのが邪魔だったのか、ベッド、テーブル、クローゼットといった大きな家具は残されたままだ。

「では、私はこれで」

アリサはぺこりと頭を下げると、家へ戻ろうとする。

そんなアリサを引き止めて、キールが紙に包まれた飴を「お駄賃です」といくつか渡す。

アリサはそれを嬉しそうに受け取ると、お礼を言ってニコニコしながら帰って行った。

「はい、ニーナ様も」

キールは飴をこちらの口元に差し出した。……だから「あーん」はしないの。

飴を手で受け取って口に入れると、キールは少し不服そうな顔をした。

「不便はなさそうですね」

一言つぶやいて、キールはベッドやテーブルに積もった埃の掃除を開始する。手伝おうとしたのだけれど「お疲れでしょう？」と微笑まれ、椅子に座らされてしまった。たしかに、足がパンパンではあったのだ。

そして……お腹が減ったなぁ。

「キール。晩御飯を作りたいから、お米を炊いてもいい？」

「いいですよ、ニーナ様」

私たちしかいないからだろう、キールはお米を炊くことを快諾してくれた。

キールのマジックバッグから炊飯器を取り出すと、いつものようにスイッチを入れる。

台所にはレンガ造りのかまどと、大きめの作業台もあってありがたい。今日はなにを作ろうかな。

おにぎりでもいいのだけれど、ちょっと趣向を変えたものをメニューに混ぜないと飽きがくるような気もする。となると……。

オムライス！　オムライスなんてどうだろう！

お肉は鳥肉も猪肉もいっぱいあるし、トマトもキールが持ってたよね。

「……でも、卵がないなぁ」

「卵ですか？　使い切ってしまいましたね。探しに行きましょうか。この村にはないでしょうから……どこかに魔獣の巣はあるかな」

「それは申し訳ないから！」

キールはそう言ってくれるけれど、負担をかけてばかりで本当に申し訳ない。

手袋に包まれた綺麗な手が伸びてくる。それは私の手をそっと包んだ。

金色の瞳がこちらを見つめる。整いすぎた顔が……近くにある。私はそれに、見惚れてしまった。

「僕は貴女のための聖獣なので。ニーナ様のお役に立てることが、喜びなのです」

キールは私の額に自分の額を擦り寄せる。ふわふわとした髪が当たってくすぐったい。というか近いよ、キール！

「……あ、あまり遠くに行かないでね？」

「はい、行きません」

キールはふっと笑うと、私から身を離す。その温かさと花のような香りが遠くなっていくのを、少し寂しいと思ってしまった。

「狭い村なので、ふつうに結界を張ると不自然に見えるかもしれませんね。悪意がある者だけを寄せない結界を張ってから行きます」

……そうだね。いつもの結界だと、来たばかりの旅人がいきなりいなくなって見えるもんね。『悪意がある人だけを寄せ付けない』なんてこともできるんだ。キールはすごいなぁ。

「キールからもらった指輪を使って、お料理を進めておくね」

「はい、ニーナ様。では必要な材料をバッグから出しておきますね」

「卵が見つからなくても大丈夫だからね。無理せず、ちゃんと戻って来てね」

「わかりました、ニーナ様。適当なところで切り上げて戻りますので」

「危険なことはしないでね」

「はい、ニーナ様」

キールはなんだか嬉しそうに返事をしていたけれど、ふと沈黙する。そして真剣な表情になった。

「いくら悪意がないと言っても、知らない人をお家に上げたらダメですからね？」

キール、私二十三歳だから。そんな小学生みたいなこと言われなくても大丈夫だよ！

◇　◇　◇

……大丈夫、だと思ってたんだけどな。

「ニーナちゃんって、変わった肌の色をしてるね。とっても綺麗」

「はぁ。ありがとうございます」

声をかけてくる『彼』に軽く返事をして、私は包丁を動かし晩ごはんに使う分の猪肉を切り分けた。キールの用意してくれた包丁は切れ味がいいなぁ。

「どこから来たの？」

「初対面の方に、詳しくお話しできないです」

「わー、ニーナちゃん、手厳しい！」

キールが出かけてしばらくして……私はチャラい人に絡まれていた。

言い訳をさせて欲しい。最初は『知らない人』だけじゃなかったんだよ。

この人は、アリサが連れて来たの。

──旅人のランフォスさんを。

私は遠い目をしながら、二十分ばかり前の出来事に思いを馳せた。


「ニーナさん！」


声をかけられ扉の方を見ると、さっき別れたばかりのアリサがぶんぶんと手を振っていた。

私はマロコ茸の石づきを取っていた手を止めて、アリサの方へと向かう。

「アリサ、どうしたの？」

「ランフォスさんにニーナさんたちのお話をしたら、会いたいとおっしゃったので、連れて来ちゃいました！」

アリサが指差す先には──金髪碧眼の美青年が立っていた。

そのご尊顔を見て、私は思わず顔を顰めてしまう。

その青年は……あの王子によく似ていたから。いや、あの王子より顔が整ってるな……キールも美形だし、アリサも可愛いし、この世界には美形が多いんだろうか。

……なんて肩身が狭い世界なんだ。

「はじめまして、ニーナちゃん。俺はランフォスっていうんだ」

そう言ってランフォスさんは、人好きのする笑みを美しい顔に浮かべた。

──初対面で、ニーナちゃんときたか。

「よろしくね」

ランフォスさんはこちらに近づいて来ると握手を勝手にし、繋いだ手をぶんぶんと上下に振る。この人、グイグイと人のパーソナルスペースを侵食してくるなぁ！　これが陽キャってやつなんだろうか。

キールの結界に阻まれてないから悪い人じゃないのは確定なんだろうけど……。

握手から解放された後も、私は反応に困って顔を顰めたまま固まっていたらしい。アリサはそんな私を見つめ、キョトンとしながら首を傾げた。

「ニーナさん？」

「あーごめんね。アリサちゃんが言ってた通りのかっこいい人で、びっくりしちゃって」

「やー、思い切り顔を顰められてたけど。ニーナちゃんは、かっこいい人を見ると、そういう顔になるの？」

私の言葉にランフォスさんが楽しそうに水を差す。えーい、だから陽キャは！

「あはは、実はそうなんです。えーっと、なにか御用で？」

「用はないけど、お話ししたいな。あっ。ニーナちゃん、ご飯作ってるの？　ちょっとお相伴に与れないかな」

……図々しい。この陽キャ、図々しいぞ！

「二人分しか作らないので、あげられないです」

「二人分？　そういえば旅の連れは？」

「今は出かけてて……」

「じゃあ女の子一人⁉　危ないよ。この辺、狼なんかも出るし。連れの人が帰って来るまで一緒にいるよ」

「結構です！」

結界もあるし、狼はたぶん入って来ないから！

「そうですね、ランフォスさんがいたら心強いですよね。私もニーナさん一人は心配です」

アリサもうんうんと頷いてランフォスさんを援護する。なんということだ……味方がいない。

そして用事があるからとアリサは自宅へ帰り、私はこの陽キャと取り残されることになってしまったのだ。

一応善意でいてくれる人を、追い出すわけにもいかないし……本当に困った。

ちらりとランフォスさんに目を向けると、彼は椅子に腰掛け、テーブルで頬杖をついている。

イケメンがそういう仕草をしていると、可愛く見えるのがずるい。そして私と目が合うと、彼はパチリとウインクをした。

「――ッ！」

イケメンにそんなことをされ、私は動揺してしまう。キールで美形耐性が付いていなかったら、きっと赤面していた。

うう、陽キャ怖いなぁ。行動に予測がまったくつかない。

別に私も陰キャでもないけれど、陽キャグループと仲がいいタイプでもなかったのだ。

「ニーナちゃん、手伝おうか？　可愛い女の子のお手伝いしたいなぁ」

「結構です」

「冷たい！」

甘い声で囁いてくるランフォスさんの提案を、きっぱりとお断りする。

初対面の可愛くもない女に『可愛い』とか、すごいなこの人。

キールも初対面から、私に甘々ではあったけれど……。

キール、早く帰って来ないかなぁ……。

そんなことを考えながら、キールが置いていってくれた材料と改めて向き合う。

トマト、マロコ茸(だけ)、パモリカ、刻んだ玉ねぎ、猪肉。

トマトはペーストにしたいけれど、ペーストの作り方なんて知らないんだよね。さてどうしようかな。皮を剥いて、細かくみじん切りにしてから入れるか。

「うん、そうしよう」

ランフォスさんの存在を意識しないようにしながら、私はつぶやいた。

レンガを組んで作られたかまどに薪（まき）を置き、火の魔法で火を点ける。魔法を使うの、ちょっと楽しいな。手からボッと小さな火が出るなんて、現代日本じゃ映画の中の出来事だもんね。

ちなみに薪は、キールがマジックバッグから出してくれたものだ。……あのバッグには、一体どれだけのものが入っているのだろう。

私はかまどに鍋を置くと、その中を水で満たした。これも、魔法でだ。

「えーっと、十字を入れて……」

一人暮らしはじめたての希望に満ちていた頃に、料理の本で読んだことを思い出しながら、トマトのヘタを取って、十字に包丁を入れる。

そして煮立ってきた鍋にトマトを四つ沈めた。お、皮がめくれてきたな。私の知識は間違っていなかったらしい。

トマトをおたまですくい上げて、作業台に置いたお皿に張っている冷水に浸（ひた）す。そして皮を引っ張ると、それはつるりと綺麗に剥（む）けた。わーなんかこれ、気持ちいいなぁ。

「へー。そんなふうに剥くんだ」

いつの間にか、背後にランフォスさんが立っていた。

け、気配がなかった！

私はびっくりして、固まってしまう。すると彼は綺麗な金髪を揺らしながら、「ん？」と首を傾げた。

「貸して、やってみたい」

ランフォスさんは手を伸ばすと、トマトの皮を剥きはじめる。そして「楽しいねぇ、これ」と嬉しそうに笑った。

……大型犬みたいだな、この人。

陽キャと思うと怖いけど、大型犬だと思うと、怖さも少し薄れた気がする。私は小さく息を吐いた。

「……残りも剥いてもらっていいですか？　別の支度をするので」

「うんうん、わかった」

彼は鼻歌を歌いながら、機嫌良さげにトマトの皮を剥いていく。

うん。悪い人ではなさそうなんだよなぁ。距離感の詰め方がすごいけど。

「ニ、ニーナ様」

待ち望んだ声が聞こえたので振り返ると、そこには尻尾をぶわっと膨らませたキールが立っていた。尻尾が膨らむのって、猫じゃなかったっけ。キールはわんこなのに膨らむの？

それはともかく、キールが帰って来たのは喜ばしいことだ。手に持った籠にはたくさんの卵も入っている。

「キー……」

「ニーナ様！　その男は誰ですか⁉」

……うちの聖獣から飛び出したのは、修羅場のはじまりのような台詞だった。

「ニーナ様、ニーナ様、ご無事ですか⁉」

キールは作業台に卵を置くと、ぎゅうぎゅうと私を抱きしめてくる。危ない、包丁を持ってなくてよかった！

「キール、キール！　落ち着いて」

「無事ですか？」

「無事だから、ね！」

両手でそっと頬を包まれる。キールはじっと私の顔を見つめた後に……ほっとしたように息を吐いた。そしてまた、強く抱きしめてくる。そんなキールの背中を、私は落ち着かせようと何度も撫でた。うう……いい匂いがするなぁ。

「ずいぶんと、情熱的な連れなんだね」

ランフォスさんがトマトの湯剥きを継続しながら、のんびりと声をかけてくる。……キールがこうなったのは、主に貴方のせいなんだけどな。

キールはそんなランフォスさんを、剣呑（けんのん）な目で睨んだ。

「貴方は誰です。僕の留守中に上がり込むなんて……罠でも張っておけばよかったですね」

キール。それはアリサも罠にかかってしまっただろうから止めて欲しい。

「キール、落ち着いて。彼はアリサのお知り合いの、ランフォスさんだよ」

「……ああ、旅人だとかいう……」

キールは少し落ち着きを取り戻したようで、小さく息を吐いた。

そんなキールの頭を優しく撫でる。

彼の髪には葉っぱが付いていて、木々深いところに分け入ったんだろうなということが想像できる。それを手で取り去ると、キールは嬉しそうに笑った。

「卵、あったんだね」

「はい。魔鷹(まだか)の巣から頂いてきました」

「……なんだか、危険な生物な気しかしないんだけど」

「そんなことないですよ」

キールはそう言って、ようやく私を離す。作業台の上にある卵の入った籠を覗き見ると、中には三十個くらいの卵が入っていた。キール、どれだけの巣を巡ってきたの。

「すごい数だね。魔鷹は一度に二、三個しか卵を産まないはずなのに」

ランフォスさんが卵を見て、目を丸くする。最低でも十個の巣を巡ったってことか……頑張りすぎにもほどがある。卵がたくさんあるのは、嬉しいけれど。

さて、これでオムライスが作れることは確定だ。料理を再開……の前に。

「キール、お疲れ様。卵をありがとう。そして、おかえりなさい」

キールに向き直って、ねぎらいとありがとうを伝える。

「ただいま戻りました、ニーナ様！」

すると彼は満面の笑みになり、尻尾をばっふばっふと大きく振った。

可愛い。キールは本当にわんこ可愛い。

「で、貴方は帰らないんですか？」

キールは笑顔を引っ込めて、じっとランフォスさんを見る。キールの視線に動じず、湯剥きを終えた最後のトマトを皿の上に乗せて、ランフォスさんは再び椅子に着席した。

どうやら、帰る気はないらしい。

「旅人同士、お話ししようよ」

ランフォスさんはそう言いながら、ニコニコと人好きのする笑みを浮かべる。キールは髪をかき上げ、緑の瞳で彼を見つめた後に――。

「……ご飯を食べたら、帰ってくださいね」

不機嫌な表情を隠さずにそう言って、大きくため息をついた。

結界にも引っかからず、緑の目でのチェックにもパスしてしまったこの人は……。

図々しいだけで、正真正銘のいい人らしい。

その時『ピーッ！』という音を炊飯器が立てた。

ランフォスさんはその音の元に目を向け……、丸くした。

「その変な形の箱は？」

「……ご飯を炊くための、マジックアイテムです」

キールがどこか投げやりな口調で言って、ぱかりと蓋を開けてみせる。するとその中では、いつもの通りにほかほかのご飯が炊けていた。

「へぇ、変わったものを持ってるんだね！　どこで買ったんだい？」

「そんなの忘れましたよ。さ、ニーナ様。僕はなにをしましょうか」

キールはさらりとランフォスさんを躱して、台所に立つ私のところにやって来た。

「じゃあ、トマトを刻んでもらっても？」

「わかりました、ニーナ様」

キールが尻尾を振りながら、机の方でトマトを刻みはじめる。

作業台に二人で作業するスペースはないのだ。

「ランフォスさん。卵を十個割って、混ぜておいてもらえます？」

せっかくいるなら使ってしまおうと、私はランフォスさんにも声をかけた。するとキールは不服げな顔をし、ランフォスさんは気さくな調子でうんうんと頷いた。

三人分なら十個……で足りるよね。

「さて」

マロコ茸とパモリカを刻み、切り分けておいた猪肉を刻む。これで材料の準備はお終いだ。

材料が出揃ったところでフライパンを熱し、油を引いて……保存用の瓶から出した玉ねぎを木べらを使って炒め、次に猪肉を炒める。じゅわじゅわという小気味いい音、立ちのぼる肉の焼けるいい匂い。それにつられて、お腹がぐぅと鳴った。

「はーお腹が空いちゃう」

ぐるぐるとお腹を鳴らしながら、次々と材料を炒めていく。キールが刻んでくれたトマトは……とりあえず半分だけ入れた。

「キール。ご飯持ってきて～」

材料がある程度炒まったところでキールを呼ぶと、炊飯器を抱えたキールが尻尾を振りながらやって来た。目分量でお米を入れて、味見をしながら塩と胡椒を入れる。うん、そこそこ美味しいんじゃないかな。

そして卵を焼かなきゃ、なんだけど。

私はふわとろオムライス派だ。完全に火が通っていない、ぷるぷるとした卵が乗っているあの風情が好きだ。……そして自分でそんな上手な卵を焼ける気がしない。

「キール、卵をふわとろに焼いてもらっていい？」

「ふわとろ、ですか？」

「うんとね、このご飯の上に固まりきってない卵を乗せたくて……」

「なるほど、そういう料理なんですね」

キールは少し首を傾げて考えた後に、「わかりました！」と元気なお返事をした。

大皿に炒めたご飯を乗せる。今日もトルティージャの時のように大皿に置いて、自分で取り分けて食べてもらう形式にしようと思ったのだ。こうして米だけ見ても量が多い。一人二回は食べられそうだなぁ。

「できたの？」

ランフォスさんが目を輝かせながら、オムライス……ではなく現状ではトマト炒飯を見つめる。できたわけがない、あの大量の卵がまだ使われていないのだから！

「もう少し、待ってください」

そう言うと、ランフォスさんは炒飯をじっと見つめながら大きくお腹を鳴らした。

……気持ちは、わかるんだけどね。

残していたトマト半分をお皿に入れて、塩胡椒を足す。そしてかき混ぜていると、ランフォスさんに興味深そうに覗き込まれた。

「それは？」

「フレッシュトマトのソースです。……勘で作ってるから、美味しいかはわかんないけど」

味見をすると、なかなか美味しい。……けれど一味足りないなぁ。さっぱりしすぎてるのかな。

「……油、が足りないのかな」

トマト料理には、オリーブオイルが付きもの……のイメージだ。油を足したら、美味しくなるかも。そう考えた私は、キールに油を借りて少し足してみる。うん、美味しくなった気がする！　油はリオルという木の実から抽出したものだと、キールが教えてくれた。

「ニーナ様、上手くできた自信はないですけど。乗せてしまいますね」

キールはそう言うと、ぷるりと揺れる卵を……ご飯の上に乗せた。

とろりとした卵が、見事にご飯の上に広がる。それは美しい、白と黄色のコントラストだ。

つやりと光るその表面は、卵が固まりきっていないことの証明ね。完璧、完璧よキール……！

「キール、完璧！　美味しそう！」

仕上げに先ほど作った、フレッシュトマトソースをかけたら完成だ。

艶めく卵の上に、赤のトマトが彩りを添える。

ああ、なんて美味しそうなの！

「は～完璧……！」

うっとりとして大量のオムライスを眺めてしまうけれど、涎を今にも垂らしそうなランフォスさんを見て我に返る。私のお腹も、限界ですしね！

取り皿を配り、キールが淹れてくれたお茶を置く。

食卓の準備が整った満足感に満たされながら、私はいそいそと着席した。私の隣には、キールがちょこんと座る。

「変わった料理だね。見たことがない」

「私の故郷の料理なので。ここからはだいぶ遠いし、見たことがなくて当然ですね」

内心冷や汗をかきつつ、ランフォスさんの言葉に答える。まぁ、嘘は言ってないもんね。

「それじゃあ、いただきます！」

私はぱん！　と手を合わせると、オムライスを皿によそって口に入れた。

キールも私に倣って「いただきます」と言ってオムライスをお皿によそう。

そんな私たちの仕草を見て、ランフォスさんは首を傾げた。

オムライスを口に入れると、とろりとした卵の味わいが口中を満たす。魔鷹の卵は鶏の卵よりも、さっぱりとした味わいだ。それでも鶏と遜色ないくらいに美味しく感じるのは、キールの調理の加減がいいからだろう。

は～、卵がとろとろ。うちの聖獣は一流シェフか！

中のご飯の具合もなかなかだ。ケチャップライスも美味しいけれど、トマトを入れたご飯もこれはこれでいい！　猪肉の油をトマトの酸味がさっぱりとさせ、食をどんどん進ませる。上にかかったフレッシュトマトソースと一緒に食べると、風味が変わって少し上品な味わいになった。

……美味しい。オムライスは幸福の味だ。

おしゃべりだったランフォスさんも、無言でオムライスを食べている。どうやらお気に召したらしい。

ぐるるるるる……。

おかわりをしようと大皿に手を伸ばした時、私たちのものではない腹の虫が家の外から聞こえた。

そちらをそっと見ると……扉の隙間から数人の目が覗いていた。

そっか。匂い……漏れてますよね。

「可愛い覗きさんたちだね」

ランフォスさんは扉に近づき、そっと開ける。

そこには出会った時のアリサのように痩せこけた、三人の子どもたちがいた。

「俺、お腹いっぱいなんだよね。俺の残り、この子たちにあげてもいい？」

「え、えと」

私が言い淀んでるうちに、ランフォスさんはオムライスを皿に盛り、子どもたちへと持っていく。

見るからに健康体なランフォスさんに神気が込められたご飯を食べさせても、急激な変化は起きないと思う。

　だけどこの子たちは……ご飯を食べたらアリサのように、たぶん見るからに元気になってしまう。そうなると正体がバレる可能性が、高まるんだよなぁ。

　だけどお腹を鳴らしながら、オムライスに見入っている子どもたちに、「あげない」なんて言えない……。

「……いいですよ。スプーン足りないですよね。私たちのスプーンも、洗って使ってください」

　了承する私にキールが複雑そうな視線を向けているけれど、これはどうしようもないでしょう！

「ありがとう！」

　陽キャ……いや、ランフォスさんは眩しい笑みを浮かべて子どもたちにオムライスの皿を渡す。そして彼らが嬉しそうにそれに貪りつくのを、慈しむような表情で見守っていた。

　あっという間にオムライスを食べてしまった彼らは、机の上の残ったものにも目を向ける。

「……それは、ニーナ様の夕食なので。もう一品作りますから、待っていてください。いいですね？」

　キールが大きなため息をつきながら、席を立つ。そしてマジックバッグから材料を取り出し、台所で調理をはじめた。

子どもたちの肌艶は、明らかによくなっている。これ以上急激に健康にさせるわけには……いかないものね。キールのご飯であれば、美味しい上にそんな作用は起こらない。

「その卵のがいい！」

「こら、あれはニーナちゃんのなんだから」

ランフォスさんは、やんちゃそうな男の子がオムライスに突進しようとするのをやんわり止める。そして『ごめんね』というように、こちらに笑ってみせた。

キールは急ぎでなにかを作っているようで、台所からはすでにいい匂いが漂いはじめている。

「味を染み込ませる時間が足りないですけど、仕方ないですよね……」

しばらくして、キールがぼやきながら持ってきたのは唐揚げだった。フライドチキンの方じゃなくて、唐揚げだ！　大皿がオムライスで塞がっているので、それはお鍋に盛り付けられている。なんだか不思議な光景だなぁ。

鍋の大きさや深さを考えると、唐揚げは相当な量である。子ども三人にこんな量は必要かな？　と思ったのだけど、キールが視線を向けた先を見て私は納得した。

「匂いを嗅ぎつけたのが、まだまだいるみたいですからね」

「……そうだね」

子どもたちだけでなく、いつの間にやら集まった大人まで。追加で十人ほどが、お腹を鳴らしながら、こちらに視線を向けていたのだ。

うう。結界があるから悪い人はいないのだろうけど、集団に囲まれるのはちょっと怖い。

「家からお皿を持ってきてください」

キールの声を聞いた村人たちは、一斉に散ってお皿を手にして戻って来る。

その人々に、給食当番のようにキールが唐揚げを配っていく。その間にも、村人たちの数は増える一方だった。あ、ハームさんもいる。

……なんだかえらいことになったなぁ。

「私も……卵でも焼こうかな」

「僕がやるので、ニーナ様はご飯を食べていてください」

台所に行こうとすると、キールに静止される。

そうだね、私が作ると神気が込められるかもしれないもんね。だけど……。

「私だけご飯を食べてるなんて申し訳ないから、配るのはやらせて！」

私がそう言うと、キールは苦笑しながらも頷いてくれた。

キールが料理を作り、私とランフォスさんが配るというのを、それから三回繰り返した。

……それは、大変疲れることだったけれど。

嬉しそうにみんながご飯を食べるから、やらなきゃよかったとは欠片も思わなかったのだ。

魔鷹。鷹が神気の濁りで魔獣化したもの。通常の鷹の二倍程度の大きさで、実に凶暴。その玉子は黄身が大きく、さっぱりとした味わいである。

24皿目　祭りのあとに起きたこと

村人たちは申し訳なさそうにしながらもたくさん食べて、綺麗に後片づけをしてから、お礼を何度も言って帰っていった。『いつか恩返しを』なんて言ってくれる人もいたけれど、私がこの村に立ち寄ることは、たぶん二度とないんだよなぁ。

――みんなやつれて、つらそうだった。

私が滞在することで神気の濁りが清められて、あの人たちを助けられる。……本当に、そんなすごいことができるのかな。つい最近までしがないＯＬ（しかも社畜）だった私は、少し不安になってしまう。

「ちょっと……疲れたなぁ」

大きく息を吐いてぺたんと座り込んだ私を、ひょいっとキールが抱えあげる。そしてスリスリと額を擦り合わせてきた。キール、相変わらず近い。だけど疲れて抵抗する気力もなく、私はキールのなすがままになっていた。

「お疲れ様です、ニーナ様。お茶でも淹れますね。ご飯の残りを食べて一息ついてください」

そう言ってキールは、私を椅子に座らせる。ランフォスさんもちゃっかりと椅子に座って、お茶を待っている。

「ニーナちゃん、お疲れ様」

「いえいえ、ランフォスさんも」

この数時間で、ランフォスさんともずいぶん馴染んだような気がする。

彼は滞在中村を見て回りながら、困った人々の手助けをしているらしい。村人たちはみんな、そんなランフォスさんのことを好いているようだった。

……本当に、ふつうにいい人なんだよな。チャラいけど。

「ランフォスさんって、いい人なんですねぇ」

「突然なんなの、ニーナちゃん」

冷えたオムライスを食べながらしみじみと言う私に、ランフォスさんが笑顔を向ける。

「いえ、ただの陽キャでチャラいお兄さんなのかなーと思ってたので。見直しました」

「ヨウキャもチャライもよくわからないけれど、一応褒められてるのかな。可愛い女の子に褒められるのは嬉しいなぁ」

「……やっぱり、チャラいですねぇ」

うん、いい人だけどやっぱりチャラい。だんだん慣れてきたけど。

「ニーナ様が可愛いのは、天に日が昇るのと同じくらい当然なことです。今さらどうこう言うことでもないですよ」

キールはランフォスさんの前に叩きつけるようにお茶を置いて、じろりと睨みつける。その視線を受けて、ランフォスさんは苦笑いをした。

「君たちとお話をしたかったけれど、また明日がいいかなぁ。今日は、ちょっと疲れたもんね」

「――お話をしに来ない、という選択肢もありますが」

キールのランフォスさんに対する当たりは強い。私が食べ終えたオムライスのお皿を持って、洗い場に向かうキールの背中をランフォスさんは眺めながら――。


「君の恋人は、焼きもち焼きだね」


と、小声で言った。

「こ⁉」

その言葉を聞いて、体中の血液が顔に集まった気がした。顔が信じられないくらいに熱い。口をパクパクさせる私を見て、ランフォスさんは首を傾げた。

「あれ、まだ付き合ってないんだ。ニーナちゃんの片想い？」

のほほんと言いながら、ランフォスさんはお茶を啜る。

「お、おかしなことを言うと、出禁ですよ！」

「はは、それは嫌だなぁ」

まったくこの人は、なにを言うんだ。キールと私が、恋人⁉

あんな綺麗で可愛くて格好よくてスパダリな男子と、私が釣り合うわけないでしょう！

……それ以前に聖獣と聖女って恋愛できるの？

——聖女と恋をした聖獣はいるのかな。

キールに聞けばそれは教えてくれるのだろうけど……私はなぜか、それを聞くのが怖かった。

翌朝。私は人々が騒ぐ声で目を覚ました。

腕に抱いたキールもその声で目を覚ましたようで、耳をぴるぴるとさせながら迷惑そうな顔をしている。

この家にはベッドが一つだけなので、昨夜は子犬状態のキールと一緒に寝たのだ。キールは床か外で寝ようとしたのだけれど、止めたんだよね。そんな鬼畜なこと、できるわけない。

……ベッドでの共寝に、ランフォスさんが言った『恋人』という言葉が一瞬頭を過(よぎ)ったけれど、それは必死に振り払った。

「……なんの騒ぎだろうね、キール」

なかなか上がらない瞼を上げようと努力しながら、キールのお顔をわしゃわしゃする。するすか。

とキールは気持ち良さそうに目を細め、小さく舌を出した。はー犬は可愛いなぁ。続けてお尻のもふっとした毛に触ったら、短い足で、てちりと顔を押されてしまった。……お尻はダメですか。

今のキールは、どう見てもコーギーっぽい子犬だ。

……このまま子犬のままなのかな。それとも成犬に成長するんだろうか。大きくなっても可愛いだろうなぁ。

キールは私の腕の中からするりと抜け出すと、ベッドを下りて人間の姿に変わる。そして私の頭を優しく撫でた。

「様子を、見てきますね」

「……うん」

「まだ、ゆっくり寝ていてください」

彼は頭をもうひと撫でしてから、外へと続く扉を開けた。

キールが家から出て行き、しばらく経って戻る気配がした。

その気配に気づいていつつも、私はまだベッドの中で起きられずにいた。慣れない旅に予定外の炊き出しまで加わって、少し疲れが溜まっているのかもしれない。

「ニーナ様」

ふわりと頭を撫でられ顔を上げると、複雑そうな表情のキールがそこにいた。

「キール、なにかあったの？」

「畑に新芽が立派に芽吹いていました。まともに育ちそうなものが生えるのは久しぶりだということで、村の方々が大騒ぎしていたんです」

悪いことがあったのかと心配になる私に、キールはそう答える。なんだ、いいことじゃない。

――いや、待って。

「それって。土地の浄化が進んだから……とか？」

訊ねると、キールは苦い顔でこくりと頷いた。

「ニーナ様は、歴代の聖女よりも神気が強いのかもしれないですね。浄化の速度が明らかに早いです」

「うっ。そうなんだ……」

それは長居をすると、どんどんボロが出そうだなぁ。なにかあった時のことを考えて滞在日程を一週間に設定したけれど、『浄化が終了した』とキールが判断したら、その時点で立ち去るべきだろう。

口元に手を当てながら、キールは思案する。そして口を開いた。

「ひとまず、今日は一緒に狩りにでも行きますか」

「狩り？」

突然のキールの提案に、私は首を傾げる。私を連れて行ってくれるなんてめずらしい。

「聖女を村から離せば、村の浄化のスピードは一旦落ちるかと思いますし。それに昨日の炊き出しで、食料が心もとなくなってしまいました」

そっか……。昨日の炊き出しで大量にあった鳥肉と卵はすっかり消えて無くなってしまった。猪肉とギョッケはまだ残ってるんだっけ。それなりに……くらいだけれど。

食料の不足は由々しき問題だ。お米は無限に湧くけれど、炭水化物ばかり食べていては栄養が偏ってしまう。江戸時代の人々はそのせいで病気になったくらいだし。

「ごめんね、キールが確保してくれた食料なのに」

「いいえ、気にしないでください」

そう言ってキールは柔らかく微笑むと、優しい手つきで私の頭を撫でた。

……キールはいつでも、私に甘すぎる。

「じゃあ、お弁当を作って持って行こうか！」

「そうですね、ニーナ様」

「ご飯を炊いて、おにぎりを作るね」

遠足といえばおにぎり弁当なのだ。異論は認める。サンドイッチも美味しいもんね！

「……匂いを遮断する結界を張っておきますか」

キールはそう言うと、軽く指先を動かした。相変わらずなにかが変わったようには見えないけれど、しっかりと結界が張られたのだろう。昨夜のように、匂いにつられて村人たちが来ても困る……おにぎりは無限に作れるけど、あげられないのだ。

念のために寝室に炊飯器を持ち込んでそこでお米を炊き、キールと一緒におにぎりを握る。

おにぎりの具は軽く炙ったギョッケだ。このお魚には、本当にお世話になっているなぁ。

三合炊きなので大量のおにぎりができてしまったけれど、今日一日出かけることを考えれば食べてしまえるだろう。

「面倒なのが来ましたね」

おにぎりを風呂敷のようなものに包んでいた、キールのお耳がぴくりと動く。

「面倒なの？」

「ニーナちゃん！　お話ししよー」

私の問いに被せるように、聞き覚えのある声が響いた。これは……ランフォスさんの声だ。

「ランフォスさん、おはようございます。申し訳ありませんが今日は出かけるので、お話は無理なんです」

今日も眩しいイケメンフェイスに人懐っこい笑みを浮かべているランフォスさんを玄関で出迎えそう言うと、彼は「えー」と不満げな声を上げた。そんな声を出されてもなぁ。

「どこに行くの？」

「食料が尽きたので、ちょっと狩りに」

「ああー……そっか。そうだよね。ごめんね」

「キールが得た食材に、キールが作った料理なので。お礼はキールに言ってくださいね」

すまなそうに言う彼は、やはりいい人なのだろう。私はふっと口元を緩ませながらランフォスさんを見上げた。

ランフォスさんは見上げるほどに背が高い。キールは百六十センチの私より十五センチくらい高いくらいの身長だけれど、ランフォスさんは頭一個分以上高いんじゃないだろうか。

……モデルみたいなイケメンだよなぁ。

あの王子に似た、けれど王子よりも整った顔を見つめながらしみじみとそう思う。

「なに？　ニーナちゃん。俺に見惚れてる？」

「まぁ、お顔はいいですよね」

本当のことだしな、と思い正直に言う。するとランフォスさんは、少し意外だという顔をした後に、ふにゃりと嬉しそうに笑った。

「ニーナ様」

声をかけられて後ろに引かれる。そしてそのまま、軽々と抱えられた。

犯人はもちろんキールだ。彼は頬をぷくぷくと膨らませながら、ランフォスさんを睨んでいた。

「キール？」

「準備が整いました、お出かけしましょう」

キールはそう言うと、マーキングでもするかのようにぐりぐりと頬を擦り寄せてくる。もう！　どうしたの、この子は！

「じゃ、また明日にでも来るよ。あ、昨日はありがとうね、キールさん」

ランフォスさんは少し苦笑しながらそう言うと、あっさりと引き返していく。するとキールからは、ほっと安堵の息が漏れた。

「どうしたの？　キール」

なんだか様子がおかしいキールに訊ねると、彼は眉尻をうんと下げて悲しそうな顔になった。あまりにもキールが悲しそうな顔をするものだから、手を伸ばしてその頬を撫でる。

するとキールは、私の手に何度も頬を擦り寄せた。

「……金髪で、白い肌がお好みですか？」

キールの口から零れたそんな言葉に、私は目を丸くした。

金髪に白い肌？　ランフォスさんのことかな。

「青い目で、もっと背が高い方がいいですか？」

キールはさらに立て続けに訊ねてくる。

「ニーナ様がああいう見た目がお好みでも、聖獣は見た目を変えることはできないのです……」

キールの大きなお耳がぺそっと下がり、眉尻もうんと下がった。

「キール、金髪は別に好みじゃないよ。背が高いのも威圧感があって少し苦手かな。キールくらいがちょうどいい」

「本当ですか⁉」

キールは一転して表情を明るくすると、私を地面に下ろしぎゅうぎゅうと抱きついてくる。

その尻尾は大きく左右に揺れていた。

……これは、焼きもちというやつなんだろうか。

飼い主が取られそうになったわんこって、こんな感じだよね。

見た目が絶世の美少年なわんこだから、少し困るのだけど。

「ほら、キール。お出かけするんでしょう？」

「はい、ニーナ様！」

キールは元気よくお返事をしてから私を離し、機嫌がいいことがよくわかる軽快な足取りで歩き出した。


「そうだ。お出かけの前に村長さんに挨拶しようか」

狩りから帰ってからだとご挨拶の時間が無さそうだし。キールも同意を示してくれる。

誰かに村長さんのお家の場所を訊かないとな、と思っていると……。

「ニーナさん、お出かけかい？」

ハームさんが声をかけてきた。彼の表情は明るく、新芽が芽吹いたことを心から喜んでいることが察せられる。そんなハームさんを見ていると、私も嬉しくなってしまう。

『聖女』の力のせいで、私はこの世界に召喚された。それは本当に腹立たしいことだと思う。だけどその力が人の役に立つこと自体は、別に嫌じゃないのだ。

「はい、ちょっと食料を調達に」

「あー、昨日は俺たちで食い荒らしちまったからなぁ。すまなかったな」

ハームさんはそう言うと眉尻を下げる。

皆様の食べっぷりはすごかったけれど、飢えていたのだから仕方ないよね。

「出かける前に村長さんに、ご挨拶をしたいんですけど」

彼は村長さんの息子だ。アポを取ったりしてくれないかな。

「うちのじじいにか？　いいぜ、案内する」

ハームさんはニカッと笑うと、村で一番大きな赤い屋根の家に私たちを案内してくれた。

25皿目　聖女と聖獣のヌシ釣り

「じじい、起きてるか～」

「起きとるわ！　じじいと言うな、お父様と言え！」

　ハームさんの呼びかけに応えて威勢よく家から飛び出してきたのは、六十くらいの痩せた小柄なおじいさんだった。……と言ってもこの村の人たちは、不作のせいで、みんな痩せ気味なんだよね。

　この人が、村長なのだろう。私とキールに気づいた村長は「おっと」と小さくつぶやきを漏らした。

「旅人さん。このじじいが俺の父親で、この村の村長だ。じじい、この人たちが昨日炊き出しをしてくれた旅人さんたちだよ。俺が持って帰った料理の相伴に、じじいも与(あずか)っただろう。礼くらいちゃんと言っておけよ」

　ハームさんの言葉を聞いた村長は慌ててこちらに向き直る。そしてぺこりと頭を下げた。

「旅人さんたちの食料にも限りがあるだろうに、本当にありがとうなぁ。ありゃ美味かったよ」

　村長はにこにこと嬉しそうに笑う。……キールが材料を得て、キールが調理したものだから手柄はほとんどキールのものなんだけどね。私がやったのは、ひぃひぃ言いながら料理を配ったことだけだ。

「皆様がお喜びくださったのなら、主人が喜びます」

キールは耳を揺らしながら優美に一礼して言うと、にこりと微笑んだ。

「それでわしになにか用かね？」

「数日、この村にお世話になるのでご挨拶をと」

「いやいや、ご丁寧にねぇ。こちらこそお世話になっとるよ。なにか力になれることはあるかい？」

村長にそう言われて考えてはみたけれど……まったく思いつかない。

私が首をひねっていると、キールが一歩前に進み出て口を開く。

「このあたりに、食用にできそうな大きな生き物はいますか？　倒すのが困難だとか、そういうことは気にしなくて結構です」

「ふむ」

「食用……ねぇ」

キールに質問された、村長とハームさんが考え込む。

「その、近頃『アレ』が酷いから、池の主が巨大になっちまったりはしたよなぁ」

やがてハームさんが髭がまばらに生えた顎を擦りながら言った。

『アレ』とは……神気の濁りのことだろう。

「池の主、ですか？」

巨大と言っても、お魚だ。猪よりは可食部位は少なそうだなぁ。

「ああ、すんげーでっけー魚だ。人を三人くれぇ丸呑みできそうな程でけぇぞ。もともと食える種類の魚がでっかくなったもんだし、あれは食べられるんじゃねぇかなぁ」

「人を三人も丸呑みにできそうな……？」

「そうなんだよ。実際に呑まれちゃたまんねぇから、村の人間には池に近づくなって言ってるんだけどよ。あそこで魚を釣れねぇのは、痛いよなぁ」

ハームさんはそう言うと、大きなため息を吐いた。どんな大きさの魚なのか、想像もつかないなぁ。

「では今日は、その主を狩りに行きましょう」

「だ、大丈夫なのかぁ!?」

あっさりと言うキールに、ハームさんと村長が心配そうな目を向ける。

「ご心配ありがとうございます。だけど、大丈夫です」

そんな二人に、キールは余裕の笑みを浮かべてそう言ったのだった。

教えてもらった湖は、村から歩いて三時間ほどの場所にあった。

湖は想像していたよりも大きく、美しく輝いている。だけどキールはこのあたりの神気はかなり濁っており、魔獣化していない生き物はいないだろうと言う。

言われてみれば、周囲には木々が多いのに愛らしい鳥のさえずりは聞こえず、地面を這う虫も見当たらない。そのことに一度気づいてしまうと、そこはかとない不気味さを感じてしまう。

やっと見つけた芋虫の頭には禍々(まがまが)しい角が生えており、私と目が合うと一目散に地面に潜っていった。

「ニーナ様のご滞在中に、この湖の神気の濁りはある程度払われるかもしれませんね」

キールはそう言いながら、マジックバッグから二本の釣り竿を取り出した。

主が現れるのかわからないからと、村長が釣りセット一式を貸してくれたのだ。

聖女が滞在すれば、その周辺の神気の濁りは払われる。その速度や範囲は聖女の神気の強さによって変わるらしい。そして私の神気は強いとキールは言う。

……どう考えても、目立つよねぇ。

私は小さくため息をつき、釣り針にやはり村長からもらった餌をつけて糸を垂らした。

周囲はのどかな風景で、人を三人丸呑みするような化け魚がいるような場所とは思えない。

頬を撫でる風は爽やかで、うとうとと眠気を誘う。くいっと糸を引っ張られ、慌ててそれを引き上げると、きらきらと鱗(うろこ)を光らせる魚が針にかかっていた。……芋虫と同じで、角が生えてる。うわ、めちゃくちゃ暴れるなぁ！　これも神気の濁りのせいか！

「キール！　この魚すごい暴れる！」

「それは、メユという白身の魚ですね……魔獣化しておりますが。これも食べられるものです」

メユは淡水に棲む淡白な白身が特徴の魚らしい。藻(も)などを食べて生きているので、臭みがなく内臓まで食べられるのだとか。

キールは手際よくメユを釣り針から外し、エラと尾をナイフで切る。そこが、魚の急所なんだっけ。そしてメユの腹に手を当ててなにかを唱え、満足そうに「よし」とつぶやいた。

「なにをしたの？」

「血や不純物を、魔法で飛ばしました」

……そんなことができるんだ。キールはなんて便利な聖獣なんだろう。

キールはメユをマジックバッグに放り込む。そのバッグの中って、どうなってるんだろうなぁ。

「このまま主が出てこなくても、食料はどうにかなりそうだね」

キールの針にもかかったメユを見ながら、私は口元を緩めた。

メユは丸々としていて、とても美味しそうだ。塩焼きかなぁ、それともご飯と一緒に炊き込んじゃう？　ああ、どれも美味しそう。

「そうですね。ですが次の街までは距離がありますし、村人たちに分けることもできますので……できれば主を仕留めたいですね」

そう言いながらキールはまたメユを釣り上げる。

……そっか。まだまだ旅程はあるもんね。

それに主を倒したら、村の方々が釣りを再開できるのだ。

私もまた湖に糸を垂らし、魚が針にかかるのを待った。

主は現れないけれど、メユは驚くほどに釣れる。それをキールが、マジックバッグにどんどん放り込んでいく。

そうして過ごしていると、私のお腹がくるると鳴いた。

「そろそろ、お昼にしましょうか？」

私のお腹の音を聞いたキールが、なんだか微笑ましげな表情で言う。うう、恥ずかしいな……。太陽は真上に昇り、今が昼であることを伝えている。そう、お昼なのだから私のお腹が減っても仕方がないし、お腹が鳴っても恥ずかしくなんてないのだ。

「うん、そうしよう！　少しだけ、メユも食べたいなぁ」

「そうですね。ひとまず二匹ほど焼きましょう」

キールはそう言うと、心得たとばかりにテキパキと食事の準備を進めていく。

マジックバッグから取り出したメユは、とても立派でつやりとしていた。大きさ的にはアジくらいだろうか。キールは包丁でメユの鱗を取ると、軽く洗ってぬめりを取る。そしてそのあたりで拾ったらしい立派な棒で串打ちをしてから、塩を振った。その手つきは実に鮮やかだ。

私はというと、そんなキールを、膝を抱えてぼーっと見ているだけである。お手伝いを申し出たら、お断りされてしまったのだ。……まぁ、やれることがないですもんね。

今日は石焼きではなく、かまどを作るらしい。彼は石を集めて輪の形にすると、周囲で薪を拾いその中心に置いていく。そしてそれに魔法で着火してから、串打ちされたメユを焼きはじめた。

「焼けるまで、待ちましょうね」

「うう、お腹すいたなぁ」

「ニーナ様、じっくり焼かないと美味しくならないんですよ」

キールは辛抱強く、じりじりとメユを焼いていく。周囲には香ばしい香りが漂い、食欲を激しく刺激した。くるくるとキールが回して焼いているうちに、皮がぱりぱりに焼けていき、水分がじわりと身から滴る。それを見て私は、ゴクリと喉を鳴らした。

「キール……そろそろ」

「ニーナ様、中がまだ焼けていませんから」

「はぁい」

空腹は最高の調味料、という言葉は最初に誰が言い出したのだろう。その言葉を励みに、私はキールの手元のメユが焼き上がるのを待った。

「そろそろですかね」

キールはつぶやくと、お皿にメユを乗せる。そしてマジックバッグから、朝握ったおにぎりを取り出した。そういえば、おにぎりの中身はギョッケにしたんだっけ。魚と魚になってしまったけれど、これは不可抗力だから仕方がないのだ。

「ニーナ様、いいですよ」

「やったぁ！　いただきます！」

許可が出たので、早速メユに手を伸ばす。そしてその身にがぶりとかぶりついた。

「ふっ！　あひっ」

最初に感じたのは香ばしい香り、次に感じたのは、ぱりっとした皮が弾ける感触だった。皮はよい感じに塩味がきいている。その皮を破ったところには、柔らかな白身があった。ギョッケは同じ白身でも身がぎゅっとしまった食感だ。だけどメユは、ふっくらとして優しい口当たりをしている。

「は、はふ。んまっ」

メユは結構な量のある魚だ。だけど私は、あっという間に背骨が見えるところまで食べてしまう。それだけ美味しかったのだ。単純な味と言えばそうなのだけれど、そういうものの方が飽きがこなかったりもするよね。シンプル・イズ・ベストというやつだ。

「ニーナ様、おにぎりもありますよ」

そう言って、キールがおにぎりを差し出してくる。そうだ！　おにぎりも食べないと。

私はおにぎりを受け取ると一口、口に入れた。

「おにぎりと魚の塩焼きが、合わないはずがないねぇ」

お米と馴染んだギョッケは、それほどの主張を感じない。そのおかげか、メユとケンカをせずに口の中で馴染んでいく。……ああ、美味しい。

前から思っていたけれどこのお米、冷めてもとっても美味しいんだよなぁ。

「ニーナ様、ちょっと悪いこと……しちゃいますか？」

キールがいたずらっぽく微笑みながら取り出したのは――ワインの小瓶だった。

「ワ、ワイン！」

「調理用に買ったのですけど、それなりに美味しいはずです。ちなみに白です」

ごくりと喉が鳴る。白身魚と、白ワイン。合わないわけがない。

だけど、先日泥酔したばかりだし。こんな日が高いうちに飲酒だなんて、ダメな大人の見本みたいじゃない。

ダメな大人の……。

「キール。そ、そんなのいけない。ダメな大人になっちゃうから……」

「では、飲まないですか？　先日のことでニーナ様の適量も読めましたし……今日はちゃんと酔ってしまう前にお止めできますよ？」

「う。じゃあ、ちょっとだけ」

私の自制心なんて、そんなものなのだ。

返事を聞いて、キールは心得ましたとばかりにワインをコップに注いだ。

……ああ、私はダメな大人です。

「ん、まぁ〜！」

メユを一口かじり、白ワインを口に含む。すると口中に幸せなハーモニーが響いた。ああ、白身のお魚に白ワインは本当に最高の組み合わせです。

「いいのかなぁ。こんなダメな大人で」

ワインを口にしながら、遠い目でそんなことをつぶやいてしまう。

前の世界だったら、会社でひーひー言いながら仕事をしている頃合いだ。

「いいんですよ。ニーナ様は昨日頑張ったんですから」

「昨日って、炊き出し？」

「ええ」

キールはそう言ってにこにこするけれど、あれはキールがほとんどやったことだ。

「キールが、頑張ったことだよ？　……いつも、ありがとう」

この世界に来て、私はキールのお世話になりっぱなしだ。いろいろなありがとうを込めてお礼を言うと、キールは頬を淡く染めて幸せそうに笑った。

「ニーナ様のお役に立てるのが、僕の幸せなので」

「んー、他にはなにかないの？　キールが幸せになれること」

キールはいつでも私に献身的すぎるのだ。

「……じゃあ、頭を撫でてください。ニーナ様に撫でられるのが、好きです」

キールは少し照れくさそうにしながら、小さな声で言った。

――可愛い。けれど本当に、私のことばかりだなぁ。

そっと手を伸ばすと、キールは私の手の下にするりと頭を差し込んだ。紫色の髪を撫でると、金色の瞳が嬉しそうに細められる。もっふりとボリューム感のあるお耳も揉み込めば、キールは大きく尻尾を振った。

「キール、ごめんね」

「どうしたんですか？　ニーナ様」

「自分の正体がバレないことを一番に考えなきゃいけないってわかってるのに……余計なことばかりしてしまって」

私の言葉を聞いて、キールは少しだけ目つきを鋭くした。

「僕はニーナ様以外の人間はどうでもいいです。だから本当なら誰も助けてなんか欲しくない。

これは偽らざる、僕の本音です」

キールはそう言うと、手のひらにぐりぐりと頭を押し付ける。

その言葉は残酷なものだけれど、私のことを思ってのものだ。どう返していいのかわからなくて、私は言葉に詰まってしまった。

「ごめんね、キール」

私が謝ると、彼はしゅんとしながら耳を垂らす。そんなキールのお耳を、私はまたもふもふと揉み込んだ。

「キールの言う通りだから。……もう誰も、助けない」

「目の前で誰かが、アリサさんのように倒れていても?」

「う」

その状況を想像してみる。私は倒れている誰かの横を――素知らぬ顔で通り過ぎることなんてできるんだろうか。

飢えていたり、血を流していたり……状況は様々だろうけれど、そのままだと死んでしまう誰か。それを助ける力を持っている私。だけど助けることは私の首を絞めることとなり、キールの身も危険に晒すことになる。

自分の身だけならともかく、キールを危険に晒すのはダメだ。

「……助けない……」

私は絞り出すように、その言葉を発した。

実際にその状況になったら、私は心を激しく揺さぶられるのだろう。

だけど物事には優先順位というものが……確実に存在するのだ。

眉間に深い皺が寄っていたのだろう。キールの指が伸びて、優しく皺を解してくれる。

途方に暮れた気持ちで彼を見ると、綺麗な顔が近づいてきて、眉間に優しい口づけをされた。

「……意地悪を言いました。ニーナ様に、そんなお顔をさせたかったわけじゃないんです」

「ううん、私が悪いから……キールが正しいよ。過ぎた力は使うべきじゃない」

私は自分で身を守ることすらできないのだ。キールの言うことの方が、圧倒的に正しい。

これからはなにを見ても目を瞑り、隣国への道行きを進めなければ。

それが私たちの最優先だ。

しょげてしまった私の頬に、キールがそっと口づけをする。相変わらずの接触過多だな！

——その時。

私の手が当たってしまい、風呂敷のおにぎりがいくつか地面に転がった。

それはぽちゃんぽちゃんと小さな音を立てながら、水面に吸い込まれてしまう。

「ああ、もったいない！」

おにぎりはまだいっぱいあるし無限に湧くけれど、それはそれである。

私は小さな波紋を立てる水面を、指を咥えながら見つめてしまった。

「……あれ？」

おにぎりが落ちたあたりが、じわりと発光しているような気がする。それを見て、私とキールは首を傾げた。光はどんどん広がって、湖を底から照らしていく。

そして湖が……眩しく光った。

「なに⁉」

私とキールは眩しさに目を瞑る。そして目を開けた私たちが見たものは……。

ぷかりぷかりと白い腹を見せて水面に浮いた、魔獣化した魚たちだった。

その中には体長五メートルにはなろうかという巨大魚——おそらく池の主の姿もある。

「……聖女の力での急速な浄化に、耐えられなかったんでしょうね」

「私、こんなものを今まで人に食べさせてたの？　キール、大丈夫⁉」

「人間や聖獣には害がない——どころか得しかないので安心してください」

キールは安心させるようににこりと笑った後に、呪文を口ずさみはじめた。

すると湖面が波打って、湖の表面全体が水の『網』になる。それは浮いた魚たちを捕らえ、彼が指を鳴らすと岸に向かってまとめ上げた魚たちを引き寄せた。目に見えない引き手たちがいるような、不思議な光景だ。

すごい……生活魔法とは比べ物にならない大魔法だ！

「すごいね、キール！　——そして大漁だね」

「大漁、ですねぇ」

引き上げられた魚の塊を見て、私たちはあっけに取られた。

これは……明らかに数百キロ単位だろう。

「こんなに獲って、生態系とか大丈夫なのかな……」

「数は少なかったでしょうけれど、ふつうの魚もいたはずですし。聖女の力でそちらの繁殖の速度が早まるはずなので、大丈夫ですよ。たぶん」

キールの言葉を聞いて私はほっとする。私のせいで池の魚が全滅した……なんてことにはならずに済んでよかった。だけど念のため、私はおにぎりを二個追加で池に落としておいた。

このおにぎりを畑に埋めたら、もりもりと作物が繁茂しそうだなぁ。たしかにこれは知られてはいけない奇跡の力だ。

「さすがにこれは、マジックバッグにも入らないですね」

そうつぶやくとキールは、池の主以外の魚を魔法で凍らせてしまった。

魚たちが閉じ込められた氷のオブジェは、まるで芸術品のようだ。

「数日で解凍されるように調整しましたので、村人たちにゆっくり取りに来てもらいましょう。池の主の切り身も、少しお分けしますかね。さすがに二人では多すぎますから」

キールは主の体に手を当てると、内臓などをどこかに転送したようだった。……中身がどこに飛んで行くのかは、ちょっと気になる。誰かの上に落ちていないといいな。

彼は魔法で鋭い風を起こして三の体を一分割にし、マジックバッグにしまっていく。キールは……本当に手際が良い。

キールがその作業をしている間に、お湯を沸かしてお茶の準備をする。

「キール、お疲れ様」

そして作業が終わったキールにおにぎりとともに差し出すと、彼は心底嬉しそうに笑った。

池での目的は果たしたので、私たちはおにぎりを食べながらまたメユを焼いて、ピクニック気分で過ごした。

ころりと草むらに横になり空を見上げると、キールも横になった気配がする。ちらりと見ると、彼はその金色の瞳を細めて穏やかな表情でこちらを見つめていた。

……そんなに見られると、少し落ち着かない。

「キール、お腹いっぱいだね」

「そうですね、ニーナ様」

キールはそう返して、嬉しそうに笑う。私もそんなキールに微笑みを返した。

逃亡生活中とは思えないくらいに、穏やかな時間だ。

「……お腹いっぱいって幸せ。幸せついでにもふもふしたのを触りたいなぁ」

ねだるような目を向けると、キールはぽふりと子犬に姿を変える。手招きをすると、キールはてちてちと短い足を動かしながらこちらにやって来て、私の胸の上に転がった。その小さくて温かい体をぎゅっと抱きしめると、花のいい香りがする。
は～、もふもふだ。私はキールのもふもふを堪能したり、顔を舐められたりしながらのんびりと午後の時間を過ごした。

――その頃、村で事件が起きているなんて……ちっとも知らずに。

cooking 仁菜'sクッキングメモ memo

メユ。澄んだ池や川に生息する淡水魚。
その身は淡白な味わいで臭みがなく、塩焼きなどのシンプルな料理に向いている。
魔獣化したものは、通常のメユの二倍程度の大きさになる。

26皿目　村で起きていた惨劇

狩りを終えて村への帰途に就くと、遠目からでも村の様子が明らかにおかしいのがわかった。

ただでさえボロボロだった柵がさらに壊れ、村人たちがバタバタと行ったり来たりをしている。

「──なにが、あったんでしょうね」

眉を顰めながら私とキールが村に近づくと、それに気づいたハームさんがこちらに駆け寄ってきた。

「なにかあったんですか？」

キールが訊ねると、ハームさんは大きく息を吐く。

「魔獣化した狼の群れが出たんだ。剣を使えるランフォスさんが追い払ってくれたんだが、その時に大怪我をしちまってな。今は村人全員で警戒中だ。危ないから、あんたたちは家に戻ってな」

──ランフォスさんが？

私は背中を向けようとするとハームさんの服を強く引っ張り、引き止めた。彼は少し困惑した顔をしたけれど、なにも言わずに立ち止まってくれる。

「待って、ランフォスさんが怪我を？」

「ああ。あれは……危ないかもしれねぇな」

沈痛な面持ちで告げられたその言葉に、私は息を詰まらせた。

知り合ったばかりとはいえ、会話を交わし、食卓を囲んだ人だ。その人が命を落とそうとしているなんて。

そしてこれはたぶん……だけれど。

私が村にいたら、魔獣の襲撃を防げたんじゃないだろうか。

キールが私の力は歴代の聖女と比べても強いと言っていた。村にいれば、強力なバリアのような役割が果たせたのでは？　そしてランフォスさんは怪我をしなかったんじゃないの？

考えれば考えるだけ、暗澹とした気持ちになってしまう。

だけど私は『誰も助けない』とキールと約束したのだ。

それはなんて……嫌な覚悟が必要なことなんだろう。

ランフォスさんが死んだら、それは『確実に』私のせいなのだ。

助ける力があるのに、それをしなかった私のせい。

そして私はこれからも、これを繰り返さないといけないんだ。

真っ青になって震えだした私を見て、ハームさんは困った顔をする。魔獣の襲撃やランフォスさんの怪我で、私が怯えていると思ったのだろう。

「……ニーナ様」

キールは悲しそうな顔をした後に、「失礼」と小さくつぶやいて私を抱え上げた。

「キール、私——」

「ニーナ様。今はなにも言わないでください」

キールの体温は少し高くて気持ちいい。私はその温かさにすがるようにキールに身を擦り寄せた。彼は私を軽々と抱えたまま、無言で喧騒に満ちた村を歩いていく。

——ランフォスさんは無事なんだろうか。

——他にも、怪我人がいるんだろうか。

そんなことを考えていると、ぽろぽろと涙が頬を伝った。

自分に力がないのなら、仕方がないと諦められる。

だけどこれでは——私はただの人殺しだ。

借りている家に着くと、キールは私を椅子の上に優しく下ろして台所へと向かった。どうやら、お茶の準備をしてくれているようだ。

運ばれてきたお茶は、いつもカキノハ茶ではなく芳醇な紅茶の香りがした。

「……紅茶だ」

「はい。今日は贅沢をしましょう」

キールはそう言うと、小瓶に入ったミルクを紅茶に入れ、砂糖もたっぷりと入れてくれる。

紅茶はこの世界では高価なものなのだろう。キールの気遣いが感じられて、私はそれが嬉しかった。

一口含むと、ミルクと砂糖がたっぷりの優しい味がする。その優しさはまるでキールみたいだと思うと、口元が少しゆるんでしまう。

「……ニーナ様」

「なに、キール？」

「正直なお気持ちを、聞かせてもらってもいいですか」

キールは金色の瞳を煌めかせながら、真剣な面差しでこちらを見つめる。

私はそれを見て――どうしていいのか、わからなくなってしまった。

優しい色合いのミルクティーに目を落とす。その表面に映っているのは、とても情けない顔をした女だった。

「……助けたい。だけどそれじゃダメなんだよね」

涙が溢れる。それはぽたりと落ちて、ミルクティーに波紋を作る。小さく嗚咽を上げながら泣いていると、いつの間にか近くに来ていたキールの手が優しく頬に触れた。

「キール……」

「僕はニーナ様に危険な目には遭って欲しくないです。だけど、ニーナ様を泣かせたいわけでもないんですよ。だから最終的には、ニーナ様の選択に従います」

キールはそう囁くと、指先で涙を優しく拭ってくれた。

「私だって、キールを危険な目に遭わせたくない。だから、だから……」

『私は助けないことを選ぶ』

……そう言おうとした瞬間、扉が乱暴に開かれた。

「ニーナさん、キールさん！」

そこに立っていたのは、涙で瞳を濡らしたアリサだった。

アリサは私の姿を見ると、胸に飛び込んでくる。突然のことに対応できず、椅子から転がり落ちそうになる私の背中を、キールがしっかりと支えてくれた。

「ランフォスさんが……ランフォスさんが！」

アリサは私の胸に顔を擦りつけて泣きじゃくる。

私はアリサの背中に手を伸ばそうとして……抱きしめようとしたその手を止めた。私には、アリサを抱きしめる資格なんてない。

「……ランフォスさんが怪我をしたのは、ハームさんに聞いてるよ」

「ニーナさん、傷に効くお薬を持っていませんか？　どれだけ高価なものでもいいんです。今はお支払いできませんけれど……必ず、必ず働いて返しますから！」

アリサは血を吐くような声音で懇願し、すがるように私を見つめる。

「……ランフォスさんは、村のために必死に戦ってくれたんです。私、彼が死ぬのは嫌です！」

「アリサ……」

胸が痛い。だけど……『助ける』なんて口にはできない。

「アリサさん。ニーナ様とお話をするので、少しだけ外にいて頂いても？」

キールが少し冷たいくらいの口調でアリサに言い放つ。それを聞いたアリサは一瞬びくりと身を震わせて、小さな声で謝罪を口にして家から出て行った。

「……キール」

「泣かないで、ニーナ様」

ふわりと優しい体温が体を包む。キールに抱きしめられたのだ。

「彼を助けた上で、貴女が聖女だとバレない方法を考えてみましょうか」

キールの言葉を聞いて……私は目をぱちくりとさせた。

そうか、そんな発想もあるのか。キールの言葉に、私の目からは鱗が何枚も落ちる。

「……不自然じゃないくらいの早さで怪我を治せば、聖女だとバレないかな」

キールは私を抱きしめたまま頭を撫で続けている。それにツッコむ気力もなかったので、私は抱きしめられたままで思考を巡らせた。

「食べさせるお米の量を減らせば、お米の効果は減るよね？」

私の言葉を聞いて、キールが頷く。

「そうですね、それが妥当だと思います。自然治癒と言うにはやや早く治るでしょうけれど、一瞬で傷が治りました、ということになるよりはマシでしょう」

「そうだね。具合が悪くても飲み込めるように、お米の量をできるだけ減らしたリゾットでも持って行こうか。でも……いいの？」

不安になってキールを見つめる。迷惑をかけてばかりの私は、いつかキールに見限られてはしまわないだろうか。

キールは安心させるように微笑むと、私の額にそっとキスをした。

「彼を見捨てたらニーナ様は、罪悪感で毎日泣きます。それは嫌なんです」

「キール……」

「さ、お料理をしましょう！　材料はたくさんありますしね」

明るく言ってみせると、彼は私の頭をぽんぽんと撫でる。そして尻尾を振りながら台所へと向かった。

これはキールが望まないことだ。だけど彼は私をいつだって尊重してくれる。

「ありがとう、キール」

その背中に私はお礼を言う。

……いつかキールになにかを返せればいいのにと、そう願いながら。

家から出て姿を探すと、アリサは膝を抱えて泣いていた。私はその前にしゃがみ込む。

「……アリサ」

「ニーナさん」

こちらを向いたアリサの顔は、涙でぐしゃぐしゃだ。その痛々しい様子を見ていると、胸がつんと痛んだ。

「手持ちのものでなんとかしてみる。準備ができたら、ランフォスさんのところに案内して？」

「は、はい！」

アリサの表情がぱっと輝いた。

この行為が正しいのか、今の私にはわからない。

だけど親しくなった人には笑っていて欲しいのだと、アリサの笑顔を見て確信してしまった。

キールは私の泣き顔が見たくないと言った。

……それと、たぶん同じことなのだ。

「他にも怪我人はいるの？」

「いえ、ランフォスさんがお強かったので」

すごいなぁ。狼の群れから村人すべてを守るなんて、彼は相当な手練れなのだろう。

彼がいなかったら……村は悲惨なことになっていたんだろうな。

「じゃあ、三十分くらいしたら迎えに来てもらっていいかな？」

「わかりました！」

アリサは何度も頭を下げると、ほっとしたように笑ってから去って行った。

◇　◇　◇

屋内に戻ると、台所から調理の音が聞こえてきた。しっぽを揺らしながら調理をしているキールの手元を覗き込むと、お魚のスープを作っているようだ。このスープをベースにしてリゾットを作るのだろう。

これは池の主の方かな？　大きくて綺麗な白身だなぁ。ランフォスさんの分を合わせても三人分なのに、準備している量がやたらと量が多いような……。

それを訊ねるとキールは少し照れくさそうな顔になった。

「村の方々も今日はお疲れでしょうし。少し、多めに作ってふるまおうかと」

キールの言葉に、私は目を丸くする。

「キールがそういうことを言うのって、めずらしいね」

「食料は余るほどにありますし。ニーナ様が、そうすると喜ぶでしょう？」

彼の原動力は相変わらず『私が喜ぶこと』だ。

そのいじらしさに心がじんわりと温かくなって、私は思わずキールを抱きしめていた。

「ニーナ様⁉」

「……ありがとう、キール」

「い、いえ」

キールはなぜか照れた様子で、真っ赤になっている。

いつもはキールからベタベタしてくるのに、どうしてそんなに照れてるんだろう。

私は首を傾げながらキールから体を離した。……彼の尻尾はすごい勢いで振られてるし、喜んではいるのかな。

そろそろアリサが迎えに来る時間なので、食べやすいように具を除いたスープをミルクパンに移して少量のお米——お昼のおにぎりの残りだ——を入れて少し煮込む。調理法的にはリゾットではなくおじやの方が正しいのだろう。洋風おじや？　まぁ、面倒なのでリゾットということにしておこう。

そしてキールが私が怪我をした時用にと買ってくれていた、薬草入りの軟膏と包帯を用意した。

「ニーナさん」

準備が終わったところに、ちょうどよくアリサが呼びに来た。

「アリサ、準備はできてるよ。キール、行こう」

「わかりました」

アリサに連れられて、私たちはランフォスさんが宿にしている家へと向かった。

ふだんなら、夜の村は暗く静まり返っているのだろう。

しかし今は焚き火が各所で焚かれ、柵の補修をしたり、警備をしたりと騒がしい。通りすがりの村人に、ランフォスさんの手当の後に今夜もまた炊き出しすることを伝えると、彼は「助かった。みんなにも伝えてくる」と言って、疲労が滲む笑みを漏らした。

ランフォスさんが借りているのは、私たちが借りているものよりも少し手狭に見える一軒家だった。扉を開けると、ランフォスさんの手当をしていた村の女性がこちらを見て首を傾げる。

「薬を持っているので、手当てを替わります」

キールがそう言うと、彼女は安堵の息を漏らした。

「助かるわ。この村には薬も不足していたから、恩人にろくな治療もできなくて」

「ランフォスさんの容態はどうなんですか？」

「……頑張ってる」

その返答の痛ましさに、私は眉尻を下げる。そうとしか言いようがない状態なのだろう。

「熱がずっと下がらないし、傷口もかなり大きいわ。アリサが見るとショックを受けるだろうから……彼女は連れて行くわね」

「嫌です、私も看病を！」

アリサはそう言うと、乞うように私たちを見つめる。

だけど私はアリサに頭を振ってみせた。残酷なものは、見ないに越したことがないのだ。

アリサはぐっと涙を堪える表情をしてから……こくりと頷いた。

「ニーナさん、キールさん。ランフォスさんをお願いします」

アリサはそう言うと、何度も何度も頭を下げた。

女性がアリサを連れて行くのを見送ってからランフォスさんが寝かされている寝台を見ると、彼は荒い呼吸をしながら胸を激しく上下させていた。その額には玉のような汗が浮かび、熱があるはずなのに、顔色は紙のように白い。血を多く失っているのだろう。

「ランフォスさん、聞こえますか」

声をかけるとランフォスさんは荒い息を吐きながら、目線だけこちらに向ける。どうやら意識はあるらしい。

「薬草が入ったリゾットをお持ちしましたので、つらいでしょうけれど食べてください。その後に包帯を取り替えますね」

ランフォスさんの頭を持ち上げると、首と頭の下に枕や布を入れて高さを固定する。そしてスプーンで、その白く色が落ちた唇に、まずはリゾットのスープを少しだけ運んだ。

「……情けないとこ、見せて、るね」

スープを一口飲むと、ランフォスさんは苦しそうに笑みを浮かべる。こんな時にだって、この人は明るくふるまおうとするんだ。

「立派なことをしたんです。情けなくなんかありません」

……情けないのは私の方だ。

保身ばかりを考え、助ける方法を探る前にこの人を見捨てようとした。

涙がぼたぼたと零れる。それはランフォスさんの頬や上掛けを濡らしていった。

「……ごめんなさい……」

「……？　泣か、ないで。ニーナちゃん」

血まみれの包帯に巻かれた震える手を伸ばそうとして、ランフォスさんはそれを引っ込める。

「汚しちゃうね」

そして彼はふっと笑った。私はふるふると頭を振る。そして涙を堪えながら、ランフォスさんの口に少量ずつリゾットを運び続けた。

リゾットを食べさせ続けると、ランフォスさんの顔色は少しずつだけれど良くなっていく。

お米の量を減らして、これなのか。聖女のお米、恐るべし。

おにぎりを何個か食べさせたら、一気に完治するんだろうなぁ。

「それでは、僕が包帯を取り替えますので。ニーナ様、交代しましょう」

皿の中の残りが少なくなったところで、キールが声をかけてくる。

「キール、私も手伝うよ」

「……ですが、この匂いだと傷口は相当酷いものかと。魔獣に噛まれたものですと、化膿(かのう)も早いですし」

キールはすん、と鼻を鳴らしながら言う。たしかに部屋には、濃い血臭と――おそらく膿の匂いが漂っていた。

「大丈夫、私は平気。一人でやるのは大変でしょう？」

キールの瞳を見つめて言うと、彼は仕方ないなと言うように少しだけ微笑んだ。

「では、腕から治療しましょうか。傷に包帯が貼りついていて剥がす時に痛むでしょうけれど。まぁ、大人だから平気ですよね。一気にべりっとやってしまいますね、その方が早く済んで結果的に楽でしょうし」

「え……」

……キールが、とても饒舌だ。そして、なぜかとても楽しそうである。

ランフォスさんは目を見開き、ぎょっとしてキールを見つめる。そんなランフォスさんに、にっこりといい笑顔を見せてから……キールは包帯を容赦なく剥がしはじめた。

包帯の下の傷は、本当に酷いものだった。

爪で裂かれた傷、牙がつけた大きな穴。それが体の何箇所にも刻まれ、血と腐臭を漂わせていた。

獣の爪や毛が入り込んでいる傷もあったので、それを丁寧に除いて洗浄し、薬を塗って包帯を巻いていく。その作業を、キールはランフォスさんが痛がっても容赦をせず、実にテキパキと進めたのだった。

「結構重傷人だと思うんだけど……扱いが、雑じゃない？」

新しい包帯を巻き直されたランフォスさんが、ぜーぜーと息を吐きながら苦情を言う。

「治療をしてあげたんだから、文句は言わないでください。鎮痛剤も入っている軟膏なので、だいぶ楽になったでしょう」

「そりゃ、そうだけど」

ランフォスさんはふーっと大きく息を吐くと、寝台に深く身を沈めた。

「……不思議だね。ニーナちゃんが来てから、体がとても楽だ」

「また、妙な口説き文句を。薬の治療のおかげですよ」

ごまかし半分なのだろう。キールはツンとした口調で言うと、魔法で濡れ布巾を冷やして、乱雑にランフォスさんの額に乗せた。なんだかんだで、キールは甲斐甲斐しい。

「いや、本当に楽。……もう死ぬだろうって思ってたのにな」

ランフォスさんは自分の手を握ったり開いたりしながら、不思議そうな顔をしている。

「ニーナちゃんは、まるで聖女みたいだ」

そして、しみじみとした口調でつぶやいた。その言葉に私はギクリとしてしまう。

「聖女様がこんな冴えない女なわけないでしょう。現れるとしても、もっと美人で胸が大きな子ですよ」

私は内心冷や汗をかきながら軽く返す。

……そう、実際に美人で胸が大きい聖女が、もうこの国にいらっしゃるのだ。

あの子はどうしてるんだろうなぁ。

「ふふ。ニーナちゃんは、可愛い……よ……」

そう言いながら、うとうとしたかと思ったら、ランフォスさんは静かな寝息を立てはじめた。

寝入りばなまでチャラい人だなぁ……それだけ元気になったってことなんだろうけど。

魔獣と奮闘した上に、大怪我を負ったのだから。よく休んで欲しい。

「傷が大きいので、あと数日は世話をした方がいいかもしれませんね」

眠ってしまったランフォスさんを眺めながら、キールがため息をつく。

私は、それに頷いてみせた。

この土地に留まりすぎることへの恐怖感は当然ある。

だけど……これは仕方ないよね。

宿泊先に戻ると村人たちがお皿を持って待っていた。炊き出しの約束、してたものね。すっかり忘れていたけれど！

私とキールは大慌てで池の主のスープを配り、就寝したのは夜中を過ぎてのことだった。

箸休め　もう一人の聖女の話・その4（心愛視点）

「この国の危機を救わんと、聖女様が降臨されたのだ――」

――退屈だ。

校長先生のお話しかり、偉い人の話なんて、いつでもつまらないものだけれど。

王様やら神官長様やらのありがたい話を、私は豪奢(ごうしゃ)な椅子に座って、にこにこと聞き流していた。

ここは王宮のバルコニーでその下には大勢の王都の民が集まっている。私はバルコニーのなかでも一段と高い場所に置かれ、どこからでも姿が見えるようにされていた。

人々の視線はずっと私に突き刺さりっぱなしだ。こんなの、あくびの一つもできやしない。

唯一の癒しは膝に乗せたシラユキだ。彼は今日もよく眠っているけれど、時々目を覚ましては私を励ますかのように手を舐めてくれる。

犬猫が可愛いだなんてちっとも思ったことがない。だけどこの子は、本当に可愛いと思う。

……聖女の半身のようなものだから、だろうか。

シラユキは薄目を開けると、そのサファイアのような瞳で私を見つめる。その頭を私は優しく撫でた。

人々の地響きにも似た歓声が上がる。どうやら長い演説が終わったらしい。

ジェミー王子がこちらに目配せをするので、私は民に笑顔で手を振る。すると歓声は一際大きくなった。

「――さて、聖女のお披露目はこれで済んだ。各地に早馬を飛ばして聖女の降臨を知らせよう。そして、数日後には巡礼への出立だ」

部屋に戻った私に、ジェミー王子は笑顔で言った。

本当に……なんとも忙しない話だと思う。この世界に来て、召喚された初日を含めてもまだ五日目だというのに。

「わかりました、ジェミー王子」

だけど私はにこりと微笑んで、それを快諾してみせた。

ジェミー王子はこの世界でのスポンサーだ。その機嫌を損ねるのは、今は得策ではない。

――そう、今は。

聖女として確固たる地位を築ければ、この立場も逆転できるはずだ。

だってこの国は、私がいないと回っていかないんでしょう？

「早く民を救わなければなりませんものね。民と愛しい王子のために、尽力させて頂きます」

「私の聖女！　本当に君は健気だ」

ジェミー王子は私を抱きしめ、口づけを与えてくる。

そんな私の足元にシラユキが纏わりついて、なにかを警告するかのようにその小さな口で服の裾を引っ張った。

けれどそんなシラユキの様子には構わず、私はジェミー王子とベッドへともつれ込んだ。

巡礼開始の日は――すぐにやって来た。

私は美しく飾り立てられ、豪奢な馬車に乗せられて王都を旅立つこととなった。

お供には十人の護衛と三人のメイドが付き、私の旅を不便がないように支えることになっている。ジェミー王子は旅への随伴はしてくれないけれど、タイミングが合った時には陣中を見舞ってくれるそうだ。

馬車の窓から手を振ると人々が歓声を上げる。中には感動で打ち震え、泣き崩れてしまっている人もいた。その光景を見ていると……異様なくらいに気分が高揚した。

――人に崇められるのが、こんなに気持ちいいだなんて。

巡礼を無事に終えた時、私の名声はさらに高まっているのだ。

それはなんて素敵なことなんだろう。

唯一気がかりなのは……シラユキだ。

シラユキはジェミー王子が用意してくれた神気が篭もった食べ物を口にしても、ちっとも元気にならない。彼は病気にでもなっているんだろうか。

「シラユキ……大丈夫なの？」

不安になって声をかけても、彼は眠たげに瞼を上げるだけだ。私はその頭を何度も撫でた。

……私を守る、私のための聖獣。

そのシラユキがこんな状態で、この旅は大丈夫なんだろうか。

歴代の聖獣は常に人化していたという。このイレギュラーに関することは、王宮で誰に聞いてもわからなかった。

「大丈夫、だよね」

深まる不安を、歓声が引き裂く。

再び馬車の外に目を向けると、私は笑みを浮かべて手を振ってみせた。

27皿目　聖女と聖獣と旅人

「ランフォスさん、もう元気ですよね？」

あんぐりと開いたランフォスさんのお口に薄いお粥を押し込みながら、私は半眼になった。

ランフォスさんが怪我をした日から二日が経ち、彼は明らかな回復を見せている。

包帯を捲った傷はかなり塞がっているし、今朝は剣の稽古をしているのを見たとアリサが言っていた。

なのに、この人は――仮病を使うのだ。

看病をされて甘え癖でもついたのかな。……なんて迷惑な。

村の人々はランフォスさんの回復力に驚き、命の危機を脱したことを涙して喜んでいた。

チャラい人だけれど、自分の命を賭して人を守れる人なんだよな。そこは素直にすごいと思う。

「まだ傷が痛むなぁ～。ニーナちゃんの料理が食べたい」

「作ってるのは、キールなんですけど」

「ニーナちゃんが食べさせてくれることが大事だから。あ～、手が痛くてスプーンが持てないなぁ」

「……僕が食べさせてあげますよ」

　横からキールがお粥の皿を取り上げると、乱雑な手つきでランフォスさんの口にスプーンを突っ込んだ。

「そろそろランフォスさんのお世話も飽きましたし、村を出る準備をしますかね」

　キールにランフォスさんの介助は任せることにして、私は大きく伸びをした。

　昨夜のうちに髪に結わえていたリボンは地面に埋めた。

　これでこの土地の浄化は完了……しているはずだ。

　村の方々は池の魚を回収し、今は大忙しでそれを日干しする作業をしている。

　池の主の切り身もおすそ分けしたし、しばらく食糧には困らないんじゃないだろうか。

　村の皆様からは恐縮するくらいに感謝され、ハームさんなんて『あんだけしてもらってて、もらえないだろう』と宿泊費をすべて返してくれた。

　……というか銀貨が十枚くらい増えていた。これは村の虎の子なんだろう。

　日干しした魚をよそに売るにしても現金化には時間がかかるだろうし……キールと話し合って、現金はハームさんに返すことにした。恐縮して、なかなか受け取ってくれなかったけれど。

　アリサも炊き出しやランフォスさんの件のお礼だと言って、ここ数日ですっかり元気になったという乳牛を差し出してきた。『家族と話し合ったんですけど、これしか、今の我が家には財産がなくて……』と眉を下げながら。

牛舎にはまだ数頭の乳牛がいて、その乳の出が近年稀に見るくらいに良いので、一頭くらいあげても平気だとは言われたけれど。マジックバッグに入るとはいえ、さすがに牛はなぁ……。牛は丁重にお断りして、代わりに牛乳をたっぷりと搾らせてもらった。大きな缶いっぱいに牛乳が搾れて、実に満足だ。

他の方々も畑に急に実りだした野菜を、『不思議なことがあるもんだねぇ』と首を傾げながら私たちに分けてくれた。それを受け取ったキールは『ニーナ様のお食事にお出しする品数が増えますね』と嬉しそうに笑っていたっけ。

「ニーナちゃんたち、村を出るの？」

ランフォスさんが口元に付いた米粒を指で拭いながら訊ねてくる。

村の浄化は終わったから、魔獣は寄りつかないだろう。畑はすっかり緑に満ちている……見ていてちょっと怖いくらいのスピードだ。幸運にも、村の食糧まで確保できた。これ以上、私がこの村に滞在する理由はないのだ。

「ええ。予定よりも少し早いですけど」

「ふーん。そっかぁ」

ランフォスさんはなんだか残念そうに言うと、自分でお粥を口にした。

……やっぱり手、使えるじゃないですか。

「そういうわけで、村の皆様にご挨拶をしたら出立しますので。ランフォスさんもお元気で」

私はぺこりと頭を下げて、ランフォスさんの宿泊先を後にする。

その後ろを、なんだかご機嫌なキールが、尻尾を振りながらついてきた。

「キール、ご機嫌だね？」

「ええ。あのニーナ様に妙に馴れ馴れしいのと、これでお別れですからね！」

……キールはランフォスさんのことが嫌い……なのかな？

本気で嫌っている感じには見えないけれど。

「行っちゃうんですね……」

アリサに村を出ることを伝えると、彼女は目に涙を溜めながら私の手を取った。

「ニーナさんにもキールさんにも、たくさん助けて頂いて……本当にありがとうございます。ランフォスさんも助けてくださって……本当にありがとう」

声を詰まらせながらお礼を言ってくれるアリサを見ていると、なんだか私まで泣きそうになる。抱きついてきたアリサを抱きしめると、彼女は子どもらしく私の胸でわんわんと泣いた。

……そんな彼女を見て、私もとうとう泣いてしまった。

ハームさんや村長、他の村の人たちも私たちの出立を惜しみ、口々にお礼や別れを惜しむ言葉を言ってくれる。そのたびに涙腺がゆるんでは、キールに涙を拭かれることとなった。

「さて」

荷物をマジックバッグに詰め込み、部屋の掃除をしてから数日お世話になった家を出る。

いよいよこの村ともお別れだ。

村の出口まで送ってくれたハームさんとアリサに別れを言う。

「お元気で、また遊びに来てください！　もっとお礼もしたいので！」

アリサのそんな言葉に、私の胸は少し痛くなった。この村を私が再訪する可能性は限りなく低い。だって私は、この国から逃げている最中なのだから。

だけど――いつかまた会えたらいいな。

「またね！」

私はそう言って笑うと、大きく手を振ってみせた。

キールと雑草が生えた道を二人で歩く。次の街までは一週間以上あるらしい。野宿が増えるのかと思うと、少しだけ辟易（へきえき）とする。

だけど……キールが一緒なら、大丈夫か。

それに正体がバレないように気兼ねをしないという意味では、人がいない旅路を行くのは気が楽だ。

そんなことを思いながら歩いていると……。


「や！」

——旅支度をすっかり整えたランフォスさんが、道の真ん中で待ち構えていた。

「……ランフォスさん？」

「なぜ、貴方がここに」

私は思わずあっけに取られ、キールは眉間に深い皺を寄せる。

「ん？　お供したいなーと思って。聖女様御一行に」

そう言ってランフォスさんは、にこりと人好きのする笑みを浮かべた。

28皿目　旅人はアピールする

「貴方、なにを言ってるんですか？」

キールが敵意を剥き出しでランフォスさんに問いかける。私はそんなキールを宥めようと、その背中を優しく撫でた。

するとキールはちらりとこちらを見てから、何度か深呼吸をして表情を和らげる。

少しは落ち着いたかな、とほっとしたのも束の間――。


「証拠が残らないように、始末します」


キールの手から雷光が走り、まっすぐにランフォスさんの方に飛んで行った。

「ちょちょちょちょ、待ってってって！」

ランフォスさんは叫びながら地面をごろごろと転がってそれを避けると、体勢をすぐに立て直す。

閃光は空振って地面を叩き、二メートル四方の大きさに地面をへこませる。

キールは大きく舌打ちをすると、第二波を放とうと両手に閃光を纏わせた。

「こら！　キール！」

私はキールの後頭部を慌てて小突く。するとキールは涙目でこちらを振り返った。

「ニーナ様、今後のためにあいつは始末しませんと！」

「待って待って、話を聞こう？　それからでも遅くないでしょう！」

「――待って。それだと話してからキール君が納得できなければ、殺されちゃうみたいじゃない」

ランフォスさんは、頬に汗を垂らしながら苦笑いをする。

「危害は絶対に加えないし、口外もしない。ね？」

彼はそう言うと腰の剣を地面に放り投げて、両手を上げた。

立ち話もなんだしと、道を外れて地面に座って、私たちはランフォスさんの話を聞く姿勢を作った。ランフォスさんの剣はキールがしっかりと抱え込んでいる。

「なぜ、ニーナ様が聖女などと？」

「君たちを見た時、子どもの頃から言い聞かせられる聖女と聖獣みたいな組み合わせだなーと思ったのが、気になりはじめた最初」

ランフォスさんはキールの問いにそう返すと、ぽりぽりと頭をかいた。

キールは厳しい表情を崩さず、じっとランフォスさんを睨みつけている。彼の言動の真偽を余すことなく測ろうとするかのように。

「怪しいと思ったのは、卵料理を食べた時。完全に確信したのは、傷を治してもらった時だよ。どれだけ貴重な薬草でも、数日ではあの傷をここまで塞げない」

ランフォスさんはそう言うと、手に巻いたままだった包帯をはらりと解く。

包帯の下の傷はまだまだ凄惨に見えるけれど、最初と比べると天と地だ。

……白米の運用は慎重にしないとな。

私は苦い気持ちになり口元をへの字にした。

「なによりニーナちゃんがいると空気が驚くほどに澄む。これはちょっと勘がいい連中じゃないとぜんぜんわからないと思うから、安心して」

「それで——貴方はどうしたいのです」

キールがランフォスさんを見つめながら、目を細める。そんなキールに、ランフォスさんはにこっと明るい笑みを向けた。

「んー、本来なら、王族に従って巡礼の旅に出る聖女と聖獣がこんなところにいるんだ。訳ありってやつでしょ？　必要以上のことは聞くつもりはないよ。その上で……」

ランフォスさんは跪く(ひざまず)と、私の手を取った。それは驚くほどに様になっている。

「命の恩人である貴女を守らせて欲しいのです、ニーナ様」

彼はそう言うと、私の手にそっと唇をつける。

そして真剣な眼差しで私を射貫いた。

「貴女の助けがなければ、俺の命はあそこで散っていました。恩人に恩を返さぬ無様な男には、なりたくない」

こちらが……彼の本当の姿なのだろうか。

金色の髪がさらりと揺れ、白皙に影を落とす。こちらを見つめる美しい瞳は真摯そのもので、その熱に私は戸惑ってしまう。

「その、えっと」

そんなランフォスさんの様子に当てられ、私は口をパクパクとさせた。

手はしっかりと握られたままで、その指はとても熱い。

キールがこちらに近づくと、私の脇に手を入れてひょいっと上に持ち上げる。握られていた手が離されて、私は少しほっとする。

……キールさん、なんで私、子どもみたいに持ち上げられてるんですかね。

「恩なんか返さず結構ですよ」

キールはツンと言うと、私をそのまま縦抱きにしてからスタスタと歩き出そうとする。

「じゃあ君たちのことを知ってる俺を、このまま野放しにするの？　それとも殺す？　聖女様の前で」

ランフォスさんはそんなキールの背中に楽しそうに声をかけた。

キールはそんなランフォスさんを、ちらりと恨めしげな目で見る。

「秘密は守る、それなりに腕も立つよ。君たちに救われた命だ、君たちのために捨てることだってやぶさかじゃない。君たちが矢面に立てない交渉に立つこともできるよ」

矢継ぎ早に猛アピールするランフォスさんをしばらく睨んだ後に、キールは諦めたようにため息をつく。

それを了承と取ったのか、ランフォスさんは爽やかな笑顔で手を差し出した。

……キールに足で叩き落とされていたけれど。

箸休め　もう一人の聖女の話・その5（心愛視点）

巡礼の旅で最初に立ち寄るのは、王都から馬車で二日の大きな街ということだった。

馬車に揺られている途中、小さな村があったので、そこには寄らなくていいのかと護衛に訊くと、「順番がございまして」と少し困ったように言われてしまった。

……そんなものなのだろうか。

馬車から見える村は酷く困窮しているように見える。生えている草木や畑の作物は薄茶色になって立ち枯れており、人々はやせ衰えて無気力にこちらを見つめていた。

その瞳には、王都で見た人々のような熱狂はない。

彼らの視線を受けるとなんだか落ち着かない気持ちになって、私は窓から目を逸らした。

街に着くと、私はその土地の貴族の邸に招待された。白いお城のような立派なお屋敷。ここが私のこの街での滞在先らしい。

「聖女様！　よくぞいらしてくださいました！　私がこの屋敷の主人です」

でっぷりと太った禿頭の男がこちらに駆け寄ってくる。そして私の前に跪くと、手を取って甲に口づけた。

――汚らしい、触らないでよ！

そんな気持ちを押し殺して、私はにっこりと笑って見せる。すると男の脂ぎった顔がだらしなくやに下がった。

主人のことは気に入らないけれど、豪奢な屋敷のことはすぐに気に入った。

王宮に負けないくらいの広い部屋。私にと用意された、美貌のフットマン。クローゼットに詰め込まれた、色とりどりの衣装。

毎日美しく着飾られ、供されるものを口にしながら、楽しく過ごす。

みんなが私に媚びへつらい、街へ出れば口々に讃えられる。

私がこうしているだけで、この土地は浄化されていくらしい。なんて簡単な仕事。

日々が聖女である私のためだけに輝いている。

そう、思っていたのに……。

土地の浄化はなかなか進まないらしい。そして五日、六日と時間は過ぎていく。

浄化が順調に進めば畑には作物が芽吹き、魔獣と呼ばれる、神気の濁りで凶暴化した動物たちも、徐々に姿を見せなくなるらしい。

しかし農地は相変わらず荒れたままで魔獣は跋扈していると、視察から帰った護衛たちが困りきった顔で私に告げた。

通常ならば、土地の浄化は三日から一週間で終わるらしい。

……じゃあ、この土地の濁りが強いのだろうか。

「聖女様、これはどういうことでしょうか！」

そして滞在の一週間目の今日。

逗留先の主人が不服げな顔を隠さず、私に詰め寄ってきた。

彼の欲がパンパンに詰まっているのだろう脂肪まみれの体を一瞥して、私は小さく息を吐く。

「……この土地の濁りは強いようなのです。もう少しだけお時間を頂けませんか？」

目を潤ませて胸の前で手を組んでみせる。すると貴族はうっと言葉を詰まらせてから、詫びを二言三言口にして帰って行った。

『どういうこと』かなんて私に訊かれたってわからないんだから、仕方ないじゃない。

眉間に皺を寄せながら長椅子に沈み込むように座り、フットマンにワインを頼む。それを煽るようにして飲んでいると、足元でシラユキが小さく鳴いた。


翌日。

――畑に作物の芽が出たと、視察から帰った護衛が顔をほころばせながら教えてくれた。

その報告を聞いて、私は心底ほっとする。

内心心配していた、私に聖女の力がないということではなかったのだ。

しかし、それからの浄化はなかなか進まず――。

土地に持ち物を埋めて浄化の完了としたのは、滞在から十日が経とうとする頃だった。

「これで、じゅうぶんに浄化されたと言えるのでしょうか」

不服そうに主人が言い捨てたのを聞いて、私は唇を噛みしめた。

まだ枯れている畑も多く、魔獣もたびたび現れるらしい。

だけど次の土地が待っているので、ここは切り上げることになったのだ。

「……力は、尽くしましたので」

心の奥底からこみ上げるひやりとするなにかを押し込めて、私は笑顔でそう言った。

29皿目　旅人風シチューと雲羊

「さて」

キールがつぶやいて地図を広げる。私とランフォスさんは後ろからそれを覗き込んだ。

次に行くのは、リーボスという小規模な街だ。評判のいい領主が治めているので、治安もそこそこ良いらしい。ただそういう『ちゃんとした』人が治めているせいか、国で権威を持つ貴族との折り合いは悪いんだとか。

まぁ、私たちには関係のない話ではある。休憩と買い物のために二晩ほど宿を借りて、通り過ぎるだけの街だしね。

「ランフォスさんは、リーボスの街には行ったことはあるんですか？」

私がそう訊ねると、ランフォスさんはにこりと笑って口を開いた。

「何度かね。とても過ごしやすい街だよ。鹿肉のパイが美味しいレストランがあるから、案内するよ」

そう言ってランフォスさんは軽くウインクをした。うーん、いつもの通りチャラついている。

しかし陽キャでイケメンで性格もいいのだから、きっとおモテになるのだろう。

……鹿肉か。元の世界では食べたことはないから、とっても気になるな。そつがないランフォスさんのオススメなのだから、きっと美味しいのだろう。

「街までは一週間と少しの予定です。道のりが長いので、ニーナ様のお体が心配ですね」

キールが不安そうに眉尻を下げる。現代日本で生きてきた私は、当然一週間以上毎日歩くことなんてしたことがない。だけど慣れなきゃ旅は続けられないのだ。

「休憩は多めに取りたいね」

「それくらい、ランフォスに言われなくてもわかっています」

そう言うと、キールはツンと顎を逸した。

人には必ず『さん』を付けるキールが、ランフォスさんに対しては呼び捨てになっている。無理に旅に付いてきたことに腹を立てているのだろうけど、旅の道連れになるのだから仲良くして欲しい……かな？

……ランフォスさんは謎の多い人物だ。

貴族の次男だよ、という以上のことは教えてくれない。だけどキールの『悪い人センサー』には引っかからないので、無害なのは確定してるんだよね。

そして『必要以上のことは訊かない』の約束通り、こちらのことはなにも訊かずにいてくれる。『気が向いた時に話してくれれば、嬉しいけどね』とは言うけれど。

……私たちの、事情を話した方がいいのかな。

聖女だとはバレてるんだから、状況的にはそんなに変わることはないし。まぁ、このことに関しては追々考えるか。

リーボスの街は、今歩いている街道の先に見えている山々を三つ越えて、さらに歩いた先にあるらしい。……山を三つか。山を繋ぐように進むのって縦走登山って言うんだっけ。私の体力は大丈夫なのかな。

「ニーナ様、つらかったら途中で言ってくださいね。抱えますので！」

キールがそう言って手を抱っこの形にするけれど。

『そんなことしなくても大丈夫だよ』と、今回ばかりは言えずに私は半笑いになった。


「たっか……」

一つ目の山を目の前にして、私は思わずそうつぶやいていた。目の前の山は、想像していたよりも……何倍も高かった。

「おんぶしようか？」

ランフォスさんが楽しそうに笑いながら言う。そんな彼をキールがキッと睨みつけた。

「それは僕の役目ですので！」

「――どっちも遠慮しようかなぁ」

聖獣であるキールは、私を抱えて移動しても、もしかすると疲れないのかもしれないけれど。そんな生活をしていたら、私は文字通りの『お荷物』になってしまう。二本の足が付いているのだから、しっかりとそれで歩かなければ。

「よーし！　登るぞ！」

決意を新たに鬱蒼（うっそう）とした山を見上げる。

そして私は次の街への第一歩を踏み出したのだけれど……。

足の筋肉が、妙な音を立てている気がする。

登山開始から四時間経ち。休憩をちゃんと取っていたはずなのに、私の体は疲労でいっぱいだった。現代人の体というのは、なんて脆（もろ）いのだろう。

「そろそろお昼休憩にしようか！　俺、お腹空いちゃったなぁ」

軽快な足取りで歩いていたランフォスさんが、笑顔でこちらを振り返る。うう、明らかに気を使われているなぁ。

「そうですね、お腹が空きましたね」

キールもランフォスさんに言葉に同意する。キールにも……盛大に気を使われている。ものすごく申し訳ない気持ちになってしまう。

「ニーナちゃん、キールさん。昼は俺が作ろうと思うんだけど、なにが食べたい？」

ランフォスさんはさらりとそんなことを言う。『なにを食べたい？』なんてさらっと訊けるのだから、彼はきっと料理が上手なんだろう。なんて隙のないイケメンだ。

「……食べられるものを作れるんですか？」

キールはそう言ってふん、と小さく鼻を鳴らした。

「揚げ物、焼き物、煮物、一通りは作れるかなぁ。キールさんほどは上手くないけど、今まで食べてくれた人たちには評判だったよ」

「へぇ、そうなんですね。……今まで食べてくれた人たちって彼女ですか？」

「ふふ、なーいしょ」

訊ねると、ランフォスさんはそう言って軽くウインクをする。

……ウインクがこんなに似合う人って、なかなかいないだろうな。

私とランフォスさんがそんな会話を交わしている間にも、キールが着々と休憩の準備を整えていく。大きな布を地面に敷き、食材や調理道具をマジックバッグから取り出す。そして『なにを作るか見せてくださいよ』と言わんばかりの小生意気な表情で、ランフォスさんを見た。

……私には見せないそんな顔も、ちょっと可愛いな。

「えーっと。猪肉、野菜を何種類か、それと牛乳。あとバターと塩胡椒をもらおうかな。小麦粉はある？」

「……ありますけど」

「ん、じゃあもらうね」

渋い表情のキールに比べて、ランフォスさんはとても楽しそうだ。

「ニーナちゃん、シチューを作ろうと思うんだけど。たくさん食べられそう？」

「は、はい！」

歩き通しだったので、お腹はぺこぺこだ。なので私は正直に頷く。私の答えを聞いてランフォスさんは嬉しそうに頷くと、村人さんたちがくれた人参とジャガイモの皮をスルスルと器用に剥きはじめた。

すごい……期待できそうな手際だ。

私は市販のルウから作るシチューしか知らない。カレーも同じくだ。小麦粉を一緒に炒めてどうにかする？　くらいの知識はあっても、実際に作っているところを見るのははじめてなので、ランフォスさんの手元に興味津々になってしまう。

「ニーナちゃん。俺、火魔法使えないから石を熱してもらっても？」

「は、はいっ！」

そうか。みんながキールのように、全属性の魔法を使えないいんだっけ。私が大きめの石を熱すると、ランフォスさんは鍋をその上に置く。そしてまずは猪肉を炒め、次に野菜を炒めはじめた。ああ、いい匂いがするなぁ。

「小麦粉って、まだ入れないんですね」

「そろそろ入れるよ」

ランフォスさんはそう言いながら、材料に塩胡椒を振った。そして鍋を一旦火から下ろすと、バターと小麦粉を入れて野菜と絡めるように混ぜ合わせる。

「火にかけたままにしないんですね」

「俺はこうしてるね。火にかけたままだと、ダマになりやすくって」

料理の経験値が少なすぎて、私には自分なりの正解というものがない。ランフォスさんは自分の正解ができるくらいに、料理の経験を積んでいるのだろう。

……本当に謎な人だなぁ。

その時、肩にずしりと重みを感じた。頬にさらりと髪が当たり、鼻先をいい香りが掠める。ちらりとそちらに視線を向けると、じっとりとした目でキールがこちらを見つめていた。

「……キール？」

「寂しいです、ニーナ様」

どうしたのかと思ったら、ストレートに寂しがられてしまった。わんこみたいで可愛いな！

ランフォスさんとばかりお話してたから、拗ねたんだね。ぐりぐりと肩に頭が押しつけられて少しだけ痛い。ふわふわの頭を撫でると、大きな尻尾がばふばふと大きく左右に振られた。大きなお耳を手でもふもふと揉むと、くすぐったいのか小さく笑い声が上がる。

そうやってキールと戯れている間にも、ランフォスさんの調理は進んでいく。

材料が入った鍋にお水を入れてしばらく煮込んだ後に、純白の牛乳がたっぷりと追加される。今入れた小さなキューブ状のものはコンソメかな。コンソメキューブなんてあったっけ？　と思って訊いてみたら「自前だよ」と笑いながらランフォスさんは鍋をかき混ぜた。

「ふわぁ、美味しそう！」

覗き込んだ鍋の中では、優しい香りのシチューが美味しそうに湯気を立てていた。塩と胡椒を軽く入れてから味見をし、ランフォスさんは満足げに頷く。どうやら完成したみたい。

「食べられるものにはなってると思うから。どうぞ？」

たっぷりと皿に盛ったシチューを、ランフォスさんが笑顔で差し出した。その香りを嗅いでいると、空腹感が一気に押し寄せてくる。お、お腹空いた！

シチューの皿を二皿受け取り、一皿をキールに手渡す。キールはその美味しそうな香りを嗅いで不本意そうな表情をしつつも、コクリと小さく喉を鳴らした。

そして……。

「いただきます！」

みんなが揃ったのを確認し、いつものように『いただきます』をする。キールとランフォスさんも、同じように手を合わせて『いただきます』をした。

ふーふーと息を吹きかけ少し冷ましてから、私はシチューを口に含んだ。

「うまっ！」

……最初に舌が感じたのは、牛乳とバターのコクのある風味だった。

アリサがくれた牛乳は、味わいがとても濃厚だ。搾りたてだからなのか、聖女の力が加わったからか。それはわからないけれど、絶品であることには変わりない。

そしてランフォスさんの味付けの絶妙さ！　濃すぎず、だけど味気ないわけではなく、深みがちゃんとある。……この人、本当に料理に慣れてるんだなぁ。

噛みしめた人参は、ふわりと甘く優しい味がする。ジャガイモもほくほくで美味しい。ああ、シチューのお野菜ってどうしてこんなに美味しいんだろう。

キールも無言でシチューを口に運んでいる。文句が出ないということは、ランフォスさんの料理に彼も満足しているのかな。キールにとっては、不本意なことかもしれないけれど。

夢中でシチューを食べていると、いつの間にかランフォスさんに見つめられていた。

「美味しい？」

「と、とっても」

がっついているところを見られて、なんだか照れ臭い気持ちになる。ランフォスさんは「良かった」と嬉しそうに言うと、自分もシチューを口にした。

「……ん？　なんだろ」

「――気配が」

ランフォスさんとキールが一斉に同じ方向を向いた。私も遅れてそちらを見る。すると少し離れたところに、真っ白な羊がいた。毛がくるくるとしていて柔らかそう。大きな黒い瞳が空洞みたいで少し恐ろしいけど、一見ふつうの羊だ。

――そう、一見は。

羊って私のお腹くらいのサイズのイメージだったのだけど。あの羊は私の背丈を軽く超えている気がする。……明らかに、ふつうじゃないよね。

「キール。あれは？」

「雲羊です。このあたりでは珍しくない生き物ですよ。……魔獣になってますけれど。結界は張っていますので、安心してくださいね」

キールはそう言うと、落ち着いた様子でジャガイモを口にする。皿を抱えて腰を浮かせてしまった私は、結界の存在を思い出してほっとしながら腰を下ろした。

「……雲羊は、とても美味しいんだよね」

ランフォスさんが立ち上がり、腰から剣を抜き放つ。まさか、狩るつもり⁉

「お手並み拝見ですかね」

キールはそう言いながら、ミルクパンをマジックバッグから取り出した。そしていつものように、食後のお茶用のお湯を沸かしはじめる。

「キ、キール！　ほっといて大丈夫なの⁉」

「雲羊の蹴りは、人間を簡単に『駄目に』してしまいます。魔獣化しているので、蹴りの威力はなおさら上がっているでしょうね。彼の無事を祈りましょう」

焦る私に、キールはにこりと綺麗な笑みを浮かべてそう返す。『駄目に』って……恐ろしい光景しか想像できないんだけど！

「大丈夫だよ、ニーナちゃん。ちゃちゃちゃっと羊肉を調達してくるね」

ランフォスさんは爽やかに笑うと、地面を軽く蹴った。ふわり、としなやかな肢体が風に巻き上げられるようにして空を舞う。

その信じられないくらいに高い跳躍を見て、私は呆気に取られた。これは、魔法を使っているのだろう。

以前キールは結界は『移動』している時には使えないと言っていた。つまりランフォスさんは、結界の範囲から外れたことになる。

襲撃に気づいた雲羊が、警戒の鳴き声を上げる。それは可愛い見た目に反した、猛獣のように重い唸り声だった。大きさと相まって、正直とても恐ろしい。

ランフォスさんの体の周囲で、旋風が巻き起こる。彼はその旋風で自分を押し出すようにして勢いをつけ——雲羊に真上から斬りかかった。

『ギィイイイ！』

大きな断末魔の声が周囲に響き、私は思わず耳を塞ぐ。抵抗する暇もなく……ランフォスさんの剣に雲羊の額が貫かれたのだ。

「……おっと」

キールが眉を顰めながら私の目を隠す。……お気遣いありがとう。

その日からの食事のメニューには……『羊肉』が加わることとなった。

cooking 仁菜'S クッキングメモ memo

雲羊。たっぷりとした肉に包まれた体を持つ大型の羊。その巨躯からは想像がつかないくらいに動きは素早く、その大きな蹄(ひづめ)で蹴られると無事では済まない。
その肉は柔らかく、よく霜が降っている。高級食材として高値で取り引きされる。

30皿目　池の主のムニエルと、白いあの子

「は～、明日は久しぶりに街だねぇ」

おにぎりを握りながら、私はふーっと息を吐いた。

次の街までは一週間以上かかるとキールに聞いていたけれど、蓋を開けてみれば二週間もかかってしまった。

旅慣れない女の足なのだから仕方ないと、キールもランフォスさんも言ってくれるけど、二人はちっとも疲労を見せないので申し訳ない気持ちになる。

「そうだね、久しぶりの柔らかい布団か～。よっと」

ランフォスさんがフライパンの上で池の主の切り身を滑らせる。今夜の食事のメインを作るのはランフォスさんだ。

彼のご飯の味にもすっかり馴染んでしまった。ランフォスさんはキールよりは少しだけ腕が落ちるものの、料理がとても上手い。聖獣に匹敵するなんて……むしろハイスペックだよね。

「キールさん、そこの胡椒を取って」

「自分で取ってくださいよ。そこだと手は届くでしょう」

ぶくつさと言いながらも、キールはランフォスさんに胡椒を取って手渡す。

最初はランフォスさんに牙を剥いてばかりだったキールも、ランフォスさんがするすると流すせいもあり、最近はどこか諦め気味な気がする。

……手応えがない相手に敵意を向けるのって、そんなに長く続かないもんね。

「ニーナちゃん、お皿を取ってもらってもいい？」

「あ、はい！」

ぼんやりとランフォスさんの手際を眺めていた私は、はっとしてからお皿を手にする。

用意した皿にはチーズベースのソースがかかった、池の主のムニエルが盛りつけられた。三人で分けたらちょうど良さそうな、たっぷりとした量である。

チーズの芳醇な匂いを嗅いで、私はほうっと息を漏らした。

ランフォスさんがチーズを持ってたんだよねぇ！

狼退治のお礼だと、村長さんがくれたのだとか。冬の備え用だったそうだけれど、あれだけ魚があればもう必要ないものね。

私の両手を合わせたくらいの大きさの丸いチーズのお味は、私のいた世界で九百年前から作られている、イタリアのチーズの王様『パルミジャーノ』に近い。コクと酸味がちょうどいいバランスで、そのまま食べて良し、削ってパスタにかけて良し、ソースにしても良しの万能選手である。しかも水分が少ないから常温でも日持ちが良い！

ああ、素敵なタンパク質！

チーズがあるのとないのとでは、食卓の潤い方がまったく違うのだ。

キールは私の隣でせっせとおにぎりを握っている。ランフォスさんが増えてから、キールとは二食に分けて食べていた三号炊きの炊飯器のお米は、一食で無くなるようになった。

……お米が無限に湧く炊飯器で、良かったなぁ。

男兄弟がいたから知ってはいたけれど、男の人はよく食べる。

「キール」

「なんですか？　ニーナ様」

「前にチーズのおにぎりの話をしたでしょう？　ほぐしたメユとチーズをおにぎりの中に入れたら、美味しいんじゃないかなー、ってふと思ったの。今日はメインが魚だから、別の食材がメインの日にでも作ってみよう？　おかずは卵焼きがいいかな～」

今日はメインがチーズソースでこってりめなので、おにぎりは塩むすびである。

塩むすびだからって舐めてはいけない。この炊飯器のお米で作るおむすびは、具材がなくてもとても美味しいのだ。

「それはいいですね、ニーナ様」

キールはにこにこしながら答えると、最後に握ったおにぎりをぽんと中皿の上に置いた。私も最後の一個を握り終えて、その隣に置く。中皿二枚はおにぎりでいっぱいだ。ランフォスさんが何枚かお皿を提供してくれたのでお皿事情はだいぶ良くなったけれど、もうちょっと数が欲しい気がする。

その場には大きな切り身のムニエルと、大量のおにぎりが美味しそうに湯気を立てている。

ああ、美味しそう。でもあっちでランフォスさんが食器を洗ってるからなぁ。

「さ、食べようか」

調理器具を洗ったランフォスさんが、私たちの正面にちょこんと座る。

「いただきます！」

そして私たちは、ぱん！　と勢いよく手を合わせた。

ランフォスさんもすっかりこの『いただきます』に慣れたものだ。

主のムニエルにフォークを入れる。するとそれは身の詰まった手応えを返した後に崩れた。

それをお皿に移して口に入れる。

「ふっ……」

ほどよく焼けてしっかりとした感触を返す白身。それは噛みしめると、繊維に沿って解けていく。主の白身はふわふわの白身ではなく、どちらかというとホタテのような食感だ。これは主が大きいから、繊維の一つ一つが大きいせいだろう。

咀嚼するたびに旨味が出る白身をさらに引き立てるのは、軽い味付けの塩胡椒とバター。そしてチーズのソースだ。なんて、最高なの。

隣でキールも夢中になってムニエルを食べている。その頬についた食べかすを指で取ると、彼は照れたように耳を下げた。

「ランフォスさん。百点！」

「……まぁまぁです。まぁまぁ美味しいですね」

「はは、ありがとう。二人とも」

キールのツンとした褒め言葉にも、ランフォスさんはさらりと笑って返す。

この人は本当に、如才がないという感じだ。

その時――かさりと繁みが動いた。

この場には、キールの結界が張られている。

だから誰かが来たとしても……私たちは視認できないはず。そのはずだった。

だけどその小さな人影は――私たちをしっかりと見つめていた。

「……誰？」

声をかけると、その影はびくりとした後に姿を現す。

それは、白い小さな男の子だった。

年齢は十を超えたくらいだろうか。

白い髪は淡雪のように肩にかかり、頭の上には柴犬のような耳がぴょこりと生えている。腰のあたりには、くるりと丸まった小さな尻尾。

こちらを見つめる顔は息を飲むくらいに綺麗で、サファイアのような瞳に吸い込まれそうだ。

服装はキールのように侍従のお仕着せに近い姿で、旅に適した服装だとは思えない。

「――お前は」

キールが小さな声でつぶやく。それを聞いて、男の子はびくりと身を震わせた。

ランフォスさんはそんな彼とキールを見て、首を傾げている。

「誰？　どうしたの？」

結界を越えてきているのは不審だけれど、相手は小さな子どもだ。

私はできるだけ、優しく声をかけた。

「助けてください」

男の子は小さく消えそうな声で、こちらに語りかけてくる。

その姿は儚くて、今にも消えてしまいそうだ。

「ニーナ様、少しお待ちを」

キールは男の子の襟首を掴むと、むんずと暗闇に消えていく。

私とランフォスさんは、呆然としながらそれを見送った。


〈2巻に続く〉

本書に対するご意見、ご感想をお寄せください。

あて先

〒162-8540 東京都新宿区東五軒町3-28
双葉社　Mノベルスｆ編集部
「夕日先生」係／「くろでこ先生」係
もしくは monster@futabasha.co.jp まで

聖女じゃないと追放されたので、もふもふ従者(聖獣)とおにぎりを握る

2020年8月16日　第1刷発行

著　者　夕日

発行者　島野浩二

発行所　株式会社双葉社
〒162-8540　東京都新宿区東五軒町3番28号
[電話] 03-5261-4818（営業）　03-5261-4851（編集）
http://www.futabasha.co.jp/（双葉社の書籍・コミック・ムックが買えます）

印刷・製本所　三晃印刷株式会社

[電話] 03-5261-4822（製作部）
ISBN 978-4-575-24308-6 C0093　

Mノベルス

転生先で捨てられたので、もふもふ達とお料理します

〜お飾り王妃はマイペースに最強です〜

桜井悠

illust. 凪かすみ

王太子に婚約破棄され捨てられた瞬間、公爵令嬢レティーシアは料理好きOLだった前世を思い出す。国外追放も同然に女嫌いで有名な銀狼王グレンリードの元へお飾りの王妃として赴くことになった彼女は、もふもふ達に囲まれた離宮で、マイペースな毎日を過ごす。だがある日、美しい銀の狼と出会い餌付けして以来、グレンリードの態度が徐々に変化していき……。コミカライズ決定！ 料理を愛する悪役令嬢のもふもふスローライフ、ここに開幕！

発行・株式会社　双葉社